ADOLFO CAMINHA

JUDITE + LÁGRIMAS DE UM CRENTE

Coleção
GRANDES CLÁSSICOS DA LÍNGUA PORTUGUESA
VOLUME 12

BRASILIARIS

Editor-chefe:
Tomaz Adour

Capa:
Spirit

Revisão:
Equipe Vermelho Marinho

Diagramação:
Marcelo Amado

Texto revisado segundo o novo Acordo Ortográfico da Língua Portuguesa.

Dados Internacionais de Catalogação na Publicação (CIP)
Fabio Osmar de Oliveira Maciel – CRB-7 6284

C183j

Caminha, Adolfo, 1867-1897
Judith e lagrimas de um crente / Adolfo Caminha. – 1. ed. – Rio de Janeiro : Brasiliaris, 2023.
110 p. ; 21 cm. – (Grandes clássicos da língua portuguesa ; v. 12).

ISBN 978-65-86082-94-4

1. Contos brasileiros. I. Título.

689-064-23 CDD : 869.93

Índice para catálogo sistemático:
1. Contos : Literatura brasileira 869.93

EDITORA VERMELHO MARINHO USINA DE LETRAS LTDA
Rio de Janeiro — Departamento Editorial:
Avenida Gilka Machado, 315 — bloco 2 — casa 6
Recreio dos Bandeirantes — Rio de Janeiro — RJ
CEP: 22795-570

VERMELHO MARINHO
www.editoravermelhomarinho.com.br

SUMÁRIO

APRESENTAÇÃO

O selo Brasiliaris é uma iniciativa da Editora Vermelho Marinho com a Spirit, que tem como objetivo resgatar todas as obras clássicas da literatura brasileira que estejam em domínio público. Independente do autor ou da época em que escreveu, a coleção pretende publicar todas as obras de todos os autores que estejam disponíveis para publicação ou digitalização.

É um trabalho de longo prazo, pois citando apenas alguns autores muito conhecidos, como Machado de Assis, José de Alencar e Joaquim Manuel de Macedo, descobrimos que eles têm uma obra muito extensa, incluindo romances, contos, novelas, poemas e textos teatrais, fora artigos em ensaios. E muitas dessas obras não se encontravam mais no mercado. Até agora.

Tomaz Adour, o editor da coleção, já vem fazendo este trabalho de resgate há mais de 10 anos, conseguindo trazer de volta ao mercado autores do porte de uma Júlia Lopes de Almeida, A. G. Teixeira e Souza, Paulo Setúbal, Coelho Neto, Francisca Júlia, Bruno Seabra, Carmen Dolores, Martins Pena, João do Rio, Coelho Neto, Chrysanthème, entre tantos outros que lançou na Coleção Grandes Clássicos.

Com o apoio da Spirit e sua experiência em design aliada à sua paixão pelos livros, estes e outros autores irão ganhar roupagem nova, com edições especiais com orelhas, edições especiais em capa dura, além de ebooks a preços acessíveis para todos os leitores.

Este projeto ambicioso é uma forma de levar ao público tudo de bom que foi produzido em nossa literatura, permitindo que os leitores tenham acesso não apenas às obras mais famosas dos principais autores, mas também a obras que estão fora do mercado há décadas ou mesmo séculos. Com isso, um leitor que se apaixonar por um livro de um autor poderá conhecer toda a sua obra.

É um trabalho de garimpagem. Temos mais de 10.000 obras a serem publicadas e estamos atrás de obras perdidas, esquecidas ou que possuem poucas cópias em bibliotecas ou coleções particulares. Por isso, todo apoio é bem-vindo. Cada leitor ou amante de livros que deseje sugerir ou indicar uma obra receberá os créditos e será um colaborador da coleção. Acreditamos que, desta forma, obras perdidas ou com cópias desgastadas poderão ser resgatadas, desde que haja um colecionador ou uma biblioteca que a possua. Se quiser colaborar, basta nos escrever.

Que os leitores possam descobrir cada vez mais as obras de uma das literaturas mais importantes do mundo!

A meu pai.

Il'ya dans um mariage
malhereux une force de douleur
qui depasse toutes les autres
peines de ce monde.[1]

M. de Stael

1 Tradução livre: Existe em um casamento infeliz uma força da dor que supera todas as outras tristezas deste mundo.

JUDITE

CAPÍTULO 1

Judite morava a meu lado, em uma das ruas mais pitorescas do Rio de Janeiro, a rua de... ; foi minha estimável vizinha por espaço de mais de um ano: conhecíamo-nos de vista, cumprimentávamo-nos da varanda com um leve movimento de cabeça. Quando eu vejo uma mocinha de olhos inquietos, cabelos negligentemente caídos sobre os ombros, faces entre o descorado de uma camélia e o vermelho cor de rosa, penso na engraçada rapariga da rua de.... Lembro-me da história ignorada dessa flor em botão bem cedo arrebatada à haste pelo sopro do vendaval.

Via pela última vez à Matriz da Glória e quase não conheci-a, coitada! Tão mudada estava.

Cumprimentamo-nos ainda uma vez. Ao ver-me, ela chorou; por debaixo do véu negro que cobria-lhe o rosto empalidecido, vi-a enxugar uma lágrima. Quem sabe? Talvez lembrara-se do passado...

Judite estava só e de luto.

Quem quer que observasse por um momento o semblante daquela moça, toda vestida de preto, a cabeça baixa coberta por um desses véus compridos de seda de que usam as viúvas, veriam naquele todo, belo e simpático, o anjo da desgraça ajoelhado aos pés de Deus!

Acabada a missa, eu saí e ela também. Nunca mais nos vimos.

Passando outro dia pela rua de... onde morava noutros tempos, observei que alguém ocupava a antiga habitação de Judite. Na rua as crianças brincavam de velocípedes e lá em cima, no sobrado, uma mocinha vestida de branco parecia ter o pensamento concentrado em alguma ideia íntima, engolfado o olhar na primeira estrela que acabava de aparecer do lado do nascente, a cabecinha entre as mãos. Nem dava atenção aos gritos e gargalhadas das crianças. Aquele êxtase tranquilo de uma mulher diante de uma estrela, às Ave-Marias, à hora em que os corações transbordam de saudade e tristeza, tinha alguma coisa de sublime que viera despertar na minha alma vagas reminiscências dos tempos idos.

Davam sete horas quando recolhi-me. Era o inverno. A neblina, como nas cidades europeias, começava a cair, e à luz do candeeiro, sozinho em meu quarto de estudante, tomei da pobre pena abandonada sobre a mesa e comecei a escrever a vida dessa infeliz criatura durante o tempo que foi minha vizinha.

CAPÍTULO 2

A rua de... é talvez a mais despovoada do Rio de Janeiro. Sem linha de bondes, situada aos pés de uma montanha, os elegantes chalés que a ornam de um extremo a outro lembram uma cidade alemã com toda a sua simplicidade. De manhã, até às oito horas, seus habitantes dormem ainda e só quando a vaca de leite dá sinal, é que ao portão ou à janela, surge uma cabecinha dourada, ainda em desalinho, esperta e curiosa, que logo entra cantarolando.

À tardinha, à porta dos chalés, reúnem-se, em agradável palestra, homens e mulheres, velhos e crianças, que entre risadas e baforadas de fumo passam alegremente o resto da tarde. Era naquela rua, assim tão afastada da cidade, tão pitoresca e cheia de encantos, que eu e ela morávamos; foi ali que a vi, foi ali que a conheci em toda a sua mocidade e beleza.

A princípio, aquele rostinho agradou-me excessivamente; não o trocaria por todas as moças bonitas de Botafogo e Laranjeiras, aquele mimo. Depois... tudo se esvaiu, todas as minhas esperanças perderam-se no mar dos desenganos: a moça era casada. Casada!, pensava eu, e tão moça! Quem será o possuidor daquela joia? Não tardou a triste realidade; a figura obesa do marido de Judite surgiu à varanda, exótica, ridícula. Será possível, meu Deus! Foi o meu primeiro brado de indignação.

— Fala baixo — disse-me um amigo, que admirava comigo a beleza da moça —, podem ouvir-te...

— Mas, o que me dizes tu?

— Digo-te a verdade. Eis ali o comendador Soares, abastado fazendeiro de S. Paulo,

casado pela terceira vez.

— O quê?

— Ah! Ah! Que mal te fez o comendador?

— Não o fez só a mim. Fez mal à toda a humanidade e até a Deus. Um velho!...

Realmente, eu estava emocionado.

Aquele anjo de candura, aquela alma tão jovem, tão inocente, afigurava-se-me naquele instante uma andorinha nas garras de um tigre. Soube depois que Judite era órfã, pobre, e que um seu irmão, que então morava com o comendador, levado pela cobiça, atraído pelo brilho falso do ouro, fora o único autor daquele casamento incivil, contra todas as leis da natureza e até da moral.

O ouro! O ouro é tudo.

E sempre que eu de minha pobreza admirava a vizinha a colher rosas no jardim, enquanto o comendador lia o jornal, a inveja, sim, a inveja invadia-me a alma; eu sentia profundamente não poder dizer naquele instante como um Creso: — Senhor comendador, tome lá mil contos e dê-me essa flor, ande: vá tomar conta de sua fazenda, que está sendo invadida pelos bárbaros do abolicionismo.

De manhã, eu já sabia, ela, a doce Judite, arregaçava suavemente o cortinado da janela do seu quarto de dormir e, sacudindo os cabelos para trás, punha-se a regar um pé de dálias que estava sobre a janela.

Deixa-te dizer, leitor, sem que leves a mal, muitas vezes da janela do meu quarto eu vi desabotoar-se insensivelmente o roupão branco de minha vizinha e, sem que ela percebesse, aparecer uma nesguita de seio branca como a neve, macia como a pétala de uma rosa; depois, ela descia ao quintal e como um colibri, como uma borboleta, ia beijando as flores, as flores que ao contato de seus lábios de seda tremiam na haste em frêmitos de indizível alegria. Algumas, as mais voluptuosas, deixavam cair pétalas que a moça apanhava para enfeitar os seios. Oh! Quantas vezes não desejei eu ser um narciso! Como não seria sublime sentir os dedos rosados da menina esposa arquearem-se delicados para me tocar! Quantas vezes não me lamentei por ser homem, esse ente tão disforme ante uma flor! Ah! Judite, se souberas o quanto eu sofria ao ver-te lânguida, distraída, a conversar com as flores, bela no teu cismar talvez doloroso, resvalando o olhar, ora no azul sem mancha, ora no pelo macio de tua amiga inseparável, eu creio fugirias das mãos do comendador para atirar-te nos meus braços.

Judite tinha uma galga da Hungria, única herança de sua mãe, que era todo o seu amor e, fosse onde fosse, haveria de levá-la consigo. Se acaso tinha de fazer alguma compra na cidade, lá ia a formosa Nina, toda cheia de amor e satisfação no colo de sua dona, ora lambendo-lhe as delicadas mãos, ora ameigando-lhe o sorriso com os seus olhares ternos e reconhecidos. O amor, quando é verdadeiro, é o mesmo no homem como no animal.

Se Judite aparecia à janela, rompia no quintal a música das aves um coro esplêndido; os rouxinóis já a conheciam e os pombos, conchegando-se uns aos outros, soltavam surdos arrulhos à beira dos telhados. Ela como que compreendia toda aquela festa e abaixando a cabeça, modesta porque era bonita, estendia a mãozinha à sua amiga que também confundia-se toda em carícias. Não sabia a moça que um indiscreto, um espião, não deixava passar despercebido um só dos seus movimentos.

E não havia temer. A beleza não se esconde — é para se admirar. Eu admirava tanto mais porque naquele semblante de criança, alguma coisa me vinha lembrar a desgraça. Durante o tempo que morei ao pé de Judite, nunca vi de seus lábios um sorriso! Um dia vi-a chorar; a galga, comovida pelas lágrimas de sua querida dona, chorou, e eu que espreitava escondido tanta tristeza, tantas lágrimas, leitor, hás de acreditar, também chorei.

E quem não o faria em meu lugar?

O pranto sincero, aquele que sabe do coração a desabrochar nos olhos, é magnético: quem o vê — chora; mas, perguntava eu a mim mesmo, o que afligirá tanto aquela alma tão pura, tão inocente? Lembrar-se-á ela de sua mãe, dos saudosos tempos de sua infância em que, mesmo na pobreza, experimentara tantas vezes o sopro consolador da esperança que trazia-lhe o alento e a resignação sagrados pelos lábios de Deus? Sentiria aquele anjo o ver-se subjugado por um desconhecido sem amor e além de tudo ignorante? Certo que sim.

Percebia-se em seus olhares o desprazer, em suas lágrimas a dor profunda. E ela tinha razão; um coração de vinte anos não pode viver sem amor. Judite sabia que era moça, que existia, lá fora, um mundo de prazeres; sabia que, se não fosse o seu cruel irmão, ela talvez seria feliz nos braços de alguém que lhe soubesse compreender, e tudo isso a contrariava.

— Que tem você, minha bela — dizia-lhe às vezes o comendador com o enorme lenço de tabaco entre os dedos —; o que tem que anda tão triste? Não lhe faço eu todas as vontades? O que mais quer? Já sei — acrescentava, batendo-lhe no ombro—, já sei. Sente não ter se casado com algum deputado ou diplomata, um homem cuja alta posição social lhe tornasse notável....mas, o que quer? Seu irmão assim o quis...

Quanto não doeram aquelas palavras no íntimo de Judite!

Taxar-se-lhe de ambiciosa, de vaidosa, a ela que durante toda a sua vida desconhecera a sociedade! A ela em cujo coração jamais penetrara sombra alguma.

Ao ouvir de seu marido aquelas palavras ditas tão friamente, tremiam-lhe os lábios, um calafrio horrível atravessava-lhe todo o corpo, dir-se-ia que a menina tinha medo daquele homem. A flor treme e oscila ao aproximar-se-lhe o inseto destruidor.

E Alberto? O que é feito desse depravado, desse irmão sem alma?

Agora que a pobre irmã é rica, agora que o dinheiro cabe-lhe nas mãos aos punhados, ele pouco se importa com o resto. Corre como um louco ao torvelinho da sociedade. Esbanja sem trepidar toda a riqueza do Comendador pelos teatros. Uma vez o vi ao redor de uma mesa do Sant'Ana, a declamar, a gritar, ébrio e tresloucado; as mulheres de má vida riam-se dele passando e os homens apontavam-no com o dedo, como se ele fosse algum objeto importante, uma coisa rara e custosa.

—Vai — dizia-lhe o Comendador ao vê-lo sair de casa —, estás na idade. Se não fizeres, quem o fará por ti? És moço, bonito e cheio de vida, corre, portanto, em busca do prazer. — Monstro! Nem pensava que Alberto não era mais que um dissipador, uma sanguessuga a chupar-lhe o sangue dia a dia! A ignorância, porém, era tudo e ele possuía o que tanto almejara, possuía Judite.

CAPÍTULO 3

Um dia, era domingo, o Comendador Soares almoçava.

À sua direita estava a moça, cabisbaixa e, como sempre, triste e pensativa. Apenas tocava de leve na refeição e cruzava o talher com gesto que bem indicava indisposição, enquanto do outro lado Alberto entornava pela terceira vez um copo de Bordeaux, com todo o seu costumado cinismo. Não lhe passava um prato incólume. Provava de tudo.

A cabeceira, o Comendador, molemente recostado, a barba ainda salpicada de molho de galinha, mastigava e lia ao mesmo tempo o *Jornal do Commercio*: parte comercial, câmbios etc. Davam dez horas no relógio grande da sala de jantar, quando soou a campainha.

— Corre, moleque, vai ver quem bate — grita o velho, tirando os grandes óculos e suspendendo a leitura. Se for alguma visita, alguma família... dize-lhe que não estou em casa.

— É, talvez, o entregador da *Revista Ilustrada* — atalhou Alberto, tomando o guardanapo e limpando os bigodes. — Também pode ser o carteiro.

Nesse instante, Judite, sem dar atenção à conversa dos homens, estendeu a mão cheia à sua amiga, a galga.

Os dois, o Comendador e Alberto, discutiam ainda o que significaria o toque da campainha àquela hora, quando entrou o criado trazendo uma carta que entregou ao senhor. O velho colocou os óculos e leu em voz alta:

— Urgente.

— Urgente! — repetiu Alberto, espichando-se sobre a mesa.

— "Meu irmão — continuou lendo o Comendador, depois de aberto o envelope —, neste momento, mais que em nenhum outro, torna-se necessária a tua presença aqui. Os negros acabam de tramar uma revolta em parte levada a efeito. Já prendi cinco dos autores, que devem a estas horas se achar na cadeia velha. Mandei surrar vinte dos outros. Vem, ainda que tenhas de voltar logo. Achamo-nos ameaçados. A Quitéria tem passado mal. Ontem doeram-lhe bastante as pernas, o diabo do reumatismo não a deixa; geme toda a noite. Vem e Deus te traga.

Teu irmão

VICENTE SOARES.

Fazenda de S... 1879."

Eis aí toda a carta que o Comendador leu, sem interromper-se. A cada *vem* do Vicente, um sorriso hipócrita subia aos lábios de Alberto, que mostrava fundo interesse pela carta. É que a ausência do Comendador ia talvez influir no seu modo de viver.

— E esta! — exclamou admirado o Comendador. — Malditos negros: que mil raios os partam a todos! Irei, irei, canalhas; mas preparem o couro; hei de sová-los até ver espirrar o sangue!

O homem havia se alterado com a leitura da carta. Sair de seus cômodos para cuidar

de escravos! Ele, o maior amigo da paz e do sossego! Isto só a pau, a muito vergalho!

— Quem sabe — disse Alberto, com a fleuma que lhe era peculiar —, um dia é talvez bastante.

— Seja embora uma hora. O Vicente bem podia fazer o meu papel; para isso lhe confiei eu todos os meus bens da fazenda.

Às 11 horas, o almoço estava terminado e no dia seguinte, ao amanhecer, no primeiro trem, o Comendador Soares deixava a Corte em companhia do Joaquim, seu pajem.

O velho ia realmente contrariado; lia-se-lhe no rosto, nos gestos, o despeito; ao primeiro gavroche que gritou-lhe ao ouvido à porta da Estação:

— "Seu freguês, quer bala? *Gazeta*, *Jornal* e *País*?"

Ele respondeu com um *não* capaz de fazer ouvir um surdo.

O garoto, entretanto, riu-se e continuou a atalhar os passageiros, que, envolvidos em grossos sobretudos, a tradicional malinha de viagem em uma das mãos, se apressavam em tomar o trem que já havia apitado.

— Anda, Joaquim — gritou o Comendador ao moleque. — Que lesma! — e mudando de tom: — Ah! Seu Vicente, seu Vicente, que viagem forçada!

Quando o último sinal fez-se ouvir, já o nosso viajante havia tomado lugar no primeiro carro e, em breve, deixando atrás de si caprichosa fita preta de fumo, numa velocidade vertiginosa, o trem voava a caminho de S. Paulo.

O Comendador Soares pertence ao grupo dos homens sanguíneos-nervosos e que a toda hora estão sei irritando por tudo, mas que, passado o primeiro instante, voltam à sua calma habitual. Foi o que lhe aconteceu em pouco tempo. Aos solavancos do *wagon,* que parecia caminhar sobre pedras, de um lado o campo, o gado pastando, ao longe, o céu azul, as montanhas, tudo isso influiu no seu espírito.

O campo é o melhor conforto às almas que sofrem. Se bem que o Comendador não fosse nenhum poeta, um desses entes que só vivem de contemplação, entretanto, como que os quadros da natureza sempre tão variados e deliciosos, iam-lhe enchendo a alma de um não sei quê de vago, recordação e saudade de sua chorada mocidade. Os pensamentos invadiam-lhe o cérebro. Ele pensava nos belos dias de sua meninice em que corria pelos campos atrás às borboletas, pensava em Judite, e, assim, perdido num mar de cismas, via as árvores, as casinhas espalhadas pelo campo e as montanhas passarem ligeiras, impetuosas. Era o trem que já não corria, voava....

O ar puro dos campos traz desses deslumbramentos. Em meio à viagem, o comendador foi despertado por uma voz que lhe chamava e por uma mão que lhe tocava o ombro:

— Soares! Você por aqui? Temos novidade lá para as bandas da fazenda?

— Oh! Conselheiro — foi a resposta do Comendador a um velhinho de luneta, baixo, de barbas brancas como o algodão, já meio corcunda.

Haviam sido contemporâneos quando moços e, depois de uma ausência de dez anos, vinham encontrar-se casualmente no trem. O Conselheiro conheceu o Comendador por ouvir o condutor que dizia a um seu companheiro, apontando para este: — Ali está o

Comendador Soares, uma fortuna de quase mil contos, casado com uma rapariga de vinte anos. Dizem que é um primor essa terceira metade do Comendador.

É tempo de voltarmos à rua de...

Deixemos que Soares prodigalize ao Conselheiro todas as suas boas maneiras. Uma viagem sem companheiro, por menor que ela seja, é insípida, monótona, inqualificável.

O Comendador sente-se feliz, muito feliz, ao lado do seu velho amigo.

Deixemo-los conversar à vontade.

CAPÍTULO 4

A partida quase repentina de Soares mudara de alguma maneira a situação não só de Judite, como também do seu irmão.

Ao deixá-la, ainda no leito, ele dissera:

— Tem paciência, florzinha, eu voltarei.

E ela, apenas o viu desaparecer, ergueu os meigos olhos ao céu, como suplicando e murmurou:

— Graças a Deus!

Indubitavelmente a ausência daquele homem fora como uma estrela que raiara no céu sombrio de sua existência. Ao ver-se só, sem aquele velho que só lhe podia causar repugnância, um sorriso angélico despontou no coral de seus lábios. Assim era necessário.

Mas que diferença entre Judite e o seu irmão! Que distância entre aquelas duas almas, filhas de um mesmo amor! Uma era a castidade, a pureza em pessoa, era Judite em toda sua beleza; outra a perversidão, o egoísmo. Através da barba negra e despenteada de Alberto; naquelas faces vermelhas estampava-se o vício no que ele tem de mais hediondo.

Entretanto, eles se pareciam. Havia no olhar incerto e brilhante de Alberto um raio do olhar sereno e majestoso de Judite. Um, porém, assemelhava-se a um lago calmo e silencioso, onde reflete-se a estrela da manhã; outro, oscilante entre as sobrancelhas, tinha o ar de um pântano, era um olhar de ébrio.

Em casa do Comendador ficaram em companhia de Judite, além de seu irmão, uma criada de sua confiança e alguns escravos.

Alberto passava todo o tempo fora e só recolhia-se alta noite, quando todos já dormiam.

Judite aparecia com mais frequência à janela da frente da casa e entre um beijo e um sorriso afagava no colo a sua estimada Nina:

— Vem, minha negra — dizia beijando-lhe —, vem. Tu, sim, sabes corresponder à minha amizade. Eu vejo em ti a imagem pálida de minha mãe, que te amava tanto!...

O inocente animalzinho, ouvindo aquelas palavras tão verdadeiras, tão saídas do coração de sua dona, olhava-a, olhava-a e depois lambia-lhe as mãozinhas: era toda a sua recompensa. Assim vivia Judite desde que o Comendador partira. A fama de sua beleza enchia a rua de... e quando se tratava de moças bonitas, ela era a primeira entre as primeiras. Ouvi uma ocasião o seguinte diálogo:

— Mete pena — dizia uma velha —, e se eu fosse homem, roubava-a das mãos daquele bruto.

— Ora, vovó — atalhou uma lourita espevitada —; nem tanto assim. A Julinha do tio Inácio é mais bonita, toca e canta, o que não faz a tal Judite.

— Cala a boca, menina. Não sabes o que estás dizendo. O que tu queres sei eu, minha sonsinha, mas não pilhas. Ah! Meninas, meninas!... No meu tempo não se via disto; não havia preferências entre as moças. Todas eram belas...

Passou-se o primeiro, o segundo dia e o Comendador não voltava. No quarto dia, Alberto recebeu uma carta nos seguintes termos:

"Meu cunhado,

Aqui cheguei sem a menor novidade. As coisas melhoraram com a minha presença; já não se fala tanto em conspiração; contudo, creio, não voltarei já. O Vicente insta pela minha demora e quer por força que eu fique para o S. João que aí vem. Não lhe convido a vir passá-lo comigo porque isso nada teria de agradável para sua irmã. Tenha pois paciência.

Seu cunhado e amigo Soares."

PS. "Aí vão duzentos mil réis para as despesas miúdas. Se precisar mais, lhe mandarei."

— Magnífico! — exclamou Alberto, atirando para o lado a bem-aventurada carta. — Sabes, mana?

— Que é? — respondeu Judite correndo para perto de seu irmão.

— O Comendador fica para o S. João.

— Ah!... — disse a moça, abaixando a cabeça.

Alberto a nada atendia. Atirava-se sôfrego de prazeres a tudo quanto era divertimento, enquanto que a sua fama de libertino crescia.

Era um esbanjar sem limites; todo o dinheiro que lhe caía nas mãos, desaparecia como por encanto; muitas vezes entrava cambaleando em casa.

— Não faças isto — dizia-lhe carinhosamente a irmã. — Lembra-te de que estás manchando o nome que tão honradamente herdamos dos nossos pais. Lembra-te de nossa boa mãe, dos seus conselhos...

Alberto, ao ouvir aquelas palavras, punha-se a cismar; muitas vezes uma lágrima rolou-lhe na face. O seu coração de moço, estragado pelas paixões mundanas, como que sentia-se purificar. Era como uma réstea de luz numa caverna escura. Ele sentava-se ao lado da moça, tomava-a pela cintura e olhando-a como interrogando o seu semblante, chorava. É que no rosto de Judite o homem abjeto, o mau irmão, percebia traços do rosto de sua mãe morta; ele via-a em toda a sua perfeição a pedir-lhe que trabalhasse como homem que era para sua felicidade. Então, alguma coisa de belo pairava sobre a fronte de Alberto. Ele desejaria ajoelhar-se aos pés de sua santa irmã e, beijando-lhe as plantas, pedir mil perdões.

— Não; não quero que faças isso — dizia-lhe ela, vendo-o chorar. — Não foi para te ver neste estado que te vim lembrar a sagrada memória de nossa mãe. O que eu quero é que fiques comigo em casa, que não saias senão para o trabalho, sim?

— Sim — respondia o moço, trêmulo e como se fosse à sua mãe. — Sim, minha mãe, eu fico... Jamais teu filho ingrato te deixará só. Tenho sido bastante cruel, eu sei....

Aquelas cenas, tão repetidas, às vezes tocavam o sublime. Mas, palavras a gente as esquece.

Vinha depois a noite e Alberto esquecia tudo, para só pensar na rua, nas amantes. Não tinha um amigo que lhe dissesse: — Para! — quando ele caminhasse na senda do vício. Seus amigos, os maiores perdidos, aproveitavam-se da sua riqueza para satisfação dos seus caprichos.

Mais de uma vez ele havia levado à casa um desses seus companheiros: um rapazinho magro, raquítico e macilento, o tipo, enfim, do libertino gasto. A primeira vez que esse moço aparecera em casa do Comendador Soares foi num sábado.

— Apresento-te aqui o meu amigo Edmundo B... — disse Alberto a Judite. — Moço de muito boas qualidades, filho do Barão de S..., bastante conhecido nesta Corte e que vem nos dar a honra de jantar hoje conosco.

Judite estendeu a mão àquele novo personagem, murmurando simplesmente:

— Senhor Edmundo...

É preciso dizer, o filho do Barão de S..., com toda a sua palidez, era um desses rapazes raros em beleza.

— Magníficos dentes tens tu — dizia-lhe às vezes Alberto. — Não os excediam em brancura os do Visconde de Chateaubriand. Palavra como nunca vi bigodes tão luzidios, sobrancelhas tão negras!

— Bonito moço! Simpático rapaz — diziam as moças, vendo-o passar.

Mas de que vale a beleza do semblante sem a beleza d'alma?

Um homem feio, um Quasímodo, não precisa da beleza material para ser adorado quando possui um coração belo.

Edmundo, repetimos, era de uma beleza rara, mas de uma devassidão ainda mais rara. Nem o formoso Child, o peregrino, nem o louro Rolla, o suicida, lhe assemelhavam. E aquela beleza extraordinária era-lhe como a famosa guitarra dos Don Juans a atraírem como seu canto mavioso e melancólico as inocentes donzelas. Ele conquistava mulheres de todas as castas e o ouro escorria-lhe das mãos em borbotões, como água.

Edmundo jantou, pois, nesse dia com Alberto, retirando-se à noite, sempre afável, sempre jovial.

— A senhora deve passear — disse ele, despedindo-se de Judite —; há tão belos passeios nesta cidade. Senão, temos o Petrópolis das moças galantes...

— Eu sou pouco amiga dos passeios — respondeu a menina, no mesmo tom com que falava a todos. — Prefiro antes estar em casa.

Aquela primeira visita em nada influiu no espírito abstrato da mimosa esposa do Comendador. No dia seguinte, Edmundo não se fez esperar de novo ao lado de Alberto. Demorou-se mais nesse dia. Conversaram sobre bailes, teatros, etc. Edmundo acabou narrando espirituosas aventuras de sua última viagem à Europa. Disse que fora à Itália, falou no Tasso, nos amores de Eleonora, em Carlos Gomes, com quem estivera em Milão; que vira Veneza, Nápoles e citou a conhecida frase tão lisonjeira à bela cidade: — *Veder Napoli e poi morir.*

Disse mais, que viu a França e Inglaterra, a Alemanha e que, finalmente, em todos esses países nunca vira mulheres tão belas como na Espanha.

— A senhora não imagina — dizia ele —, que noites deleitosas passei eu em Valladolid e Granada!

Durante toda a conversação, a moça conservou-se calada, balbuciando monossílabos quando se lhe interrogava. A sua imaginação, encantada pelas belas descrições do moço, voava ao velho mundo e contemplava admirada as suas belezas.

— Como deve ser sublime — imaginava Judite —, a gente percorrer todo esse mundo de maravilhas nos braços de quem ama! Como a vida não correria deliciosa entre tanta beleza!

Pobrezinha; ao tempo mesmo pensava que já não era a mesma de outros tempos, que já não podia correr pelos campos como uma louquinha; era escrava, antes de ser senhora.

Quando o filho do Barão de... retirou-se, eram já dez horas da noite.

— Não te esqueças, hein? — gritou o irmão de Judite ao amigo que saía. — Amanhã vem para irmos ao teatro. A Rivero lá está.

Quando já não se ouvia as pisadas de Edmundo na escada e tudo em casa era silêncio, Alberto voltou para onde estava Judite e, correndo-lhe a mão pela cabeça, disse-lhe:

— Então, que dizes do meu rapaz, gostaste de ouvi-lo conversar? Mas agora vejo... o que tens? Estás triste!

— Não... É o sono...

— Bem, não te quero ser importuno; vai te deitar e sonha comigo, ouviste?

Os dois se afastaram, cada um para seu aposento, e dentro em pouco, todos dormiam em casa.

CAPÍTULO 5

Que é feito do Comendador?

Como se tem havido longe, ao lado de seus irmãos?

É do que vamos nos ocupar. Para isso, leitor, transportemo-nos num voo a S. Paulo.

Ao chegar o nosso homem à Estação, acompanhado do muito fiel servo, lá esperavam o Vicente, alguns negros e alguns cavalos.

— Virá, moleque? — interrogava o Vicente procurando descobrir, entre os passageiros que o trem despejava, o chapéu de palhinha do Chile do seu irmão.

Todos sabem o modo de vestir desses senhores de escravos.

Em geral, um longo e estragado par de botas de cano ornado das respectivas esporas, um chapéu de palha de abas largas, uma capa sobre o ombro e um chicotinho na destra, as mais das vezes se os vê sobre o dorso roliço do seu fogoso alazão ou no terreiro da fazenda a dirigir o feitor nos trabalhos rurais. O Vicente, conhecedor profundo do gênio do seu irmão, fora esperá-lo à estação, três léguas distante da fazenda.

— Ei-lo ali — gritou ele de repente, vendo Soares, que acabava de apear-se. — Como está gordo!

Os dois irmãos em pouco se juntaram, depois dos abraços e das aclamações do estilo e puseram-se a caminho, cada qual no seu animal, para não dizer no seu igual. O Joaquim, reunindo-se aos velhos companheiros, seguiu sobre uma mulazinha baia.

Ao cair da noite, à luz do último raio de sol, a casa da fazenda alvejou no extremo do caminho.

A viagem da Estação à fazenda fez-se insensivelmente. Os moleques conversaram sobre a conspiração e o Joaquim, muito pimpão entre os companheiros e assumindo uns ares de criado de primeira classe, não sabia como responder a todas as perguntas. Na frente, os dois irmãos também falavam da revolta dos negros, da última safra de feijão e de outras coisas, para eles de muito interesse. Quando a casa despontou na estrada, os cavalos apressaram instintivamente os passos, escorrendo suor de cansados. Ao anoitecer, todos se achavam em casa.

Ao redor de uma mesa onde fumegava o café, preparado à última hora, o Vicente, o Comendador e a mana Quitéria expandiam-se em narrações alegres. A Quitéria era a mais faladeira. Tinha língua de um palmo, na frase dos moleques.

Antes de continuarmos, permita-se-nos duas palavras sobre a sala onde se acha reunida a família Soares e sobre o tipo muito conhecido nos sertões da dona da casa. Dona Quitéria era uma dessas matronas impertinentes e severas para os criados de casa.

Baixa e cheia de corpo, alguns fios brancos começando a pratear-lhe a cabeça, as mangas do casaco quase sempre arregaçadas e as mãos gordurosas, um largo vestido de chita encarnada, eis o tipo dessa fazendeira. Bem se poderia classificá-la entre os *bichos de saia.* Não se dava um passo errado em casa. Tudo ali andava direitinho como um fuso, ao contrário D. Quitéria era toda raiva, toda fúria e com os cabelos em desordem e o cabo de vassoura em punho, corria como uma louca pelo meio da casa a descobrir o criminoso, o patife.

— Desaforo — berrava ela se acaso quebrava-se um prato na cozinha —, parece que trazem luvas! Ah! Negros, negros!

E saía como uma cobra chocalhando, a pedir providências ao Vicente. Se via o feitor de vergalho em punho, a açoitar um pobre escravo que se debatia no tronco, era a primeira a gritar:

— Assim, fogo! Arre canalha!

Era o diabo a tal D. Quitéria; jamais se foi tão hipócrita.

À noite, antes de se deitar, depois de haver mandado Joana, a sua criadinha predileta, lavar-lhe os pés em água morna, ela tomava do rosário e desfiando as contas uma por uma, erguia os grandes olhos ao teto, resmungando baixinho os Padre Nosso e as Ave Marias. O seu quarto de dormir era um verdadeiro nicho, não havia um canto sem um santo, uma imagem de São Francisco ou outro qualquer! Creio que só não havia ali a de S. Benedito.

— Não creio nesse Santo — dissera ela, torcendo a boca. — Santo negro! Não pode ser.

D. Quitéria, porém, não ia à missa; desculpava-se dizendo que Deus havia de perdoá-la, que a culpa não era dela, que o seu reumatismo não a deixava dar um passo, a maldita doença. O Vicente era mais calado, mais prudente mesmo. Fazia toda a barba. Na Corte passou diversas vezes por padre e ator cômico; ao contrário de seu irmão, ele era magro, esguio, mas forte e disposto.

— Todos nós somos assim — dizia ele, quando se lhe admirava a saúde. — Meu pai morreu na Beira com 80 anos e minha mãe com 85.

A sala de jantar onde se achava a família era simples e vasta.

De janelas para o terreiro, dava uma das portas laterais para um alpendre fresco e arejado, de onde se descortinavam magníficas paisagens. Pelas paredes viam-se pendurados diversos utensílios de caça.

Era ali que a família costumava passar as noites de verão.

Chupava-se cana, colhidas ali mesmo na fazenda, e atiravam-se os bagaços a uma chusma de porcos, bacuris e galinhas, que num grunhir e cacarejar infrene, iam disputando os últimos bocados daquela ceia campestre.

Feitas as devidas honras ao café, os nossos personagens, à frente da pesada D. Quitéria, dirigiam-se ao terraço. A noite estava magnífica como só as há no Brasil.

As últimas notas da Oração da tarde entoada pelos negros no terreiro perdiam-se distante e a lua cheia derramava em toda a fazenda uma luz doce e boa que ia avivando no coração de todos memórias inextinguíveis. Fazia algum frio.

Eram proximidades de S. João e o inverno chegava. Os vagalumes surgiam das moitas, o sereno caía pelas quebradas dos montes e no meio deste silêncio frio da noite, ouvia-se uma cantiga triste e suave. Lá dentro, na senzala, uma escrava embalava no colo o seu primeiro filhinho...

Era um quadro realmente digno de um pincel de mestre aquele da pobre mãe adormecendo o fruto do seu primeiro beijo.

Pobre criança! Antes houvesses nascido morta! Nessas faces lisas, tão respeitosamente beijadas por tua mãe, há de mais tarde beijar a ponta do chicote.

Era meia-noite quando, cercado de todos os cuidados, o Comendador adormeceu no bem preparado quarto que lhe estava reservado.

D. Quitéria, essa rezava, e o Vicente dava a sua última ordem ao feitor, isto é: que de manhã bem cedo arreasse os cavalos, queria ver tudo em ordem. O Comendador devia começar a sua revista em toda a fazenda.

CAPÍTULO 6

Faltavam quinze dias para a legendária noite de S. João, tão ardentemente almejada pelos inúmeros sectários do bom padroeiro. O filho do Barão de S... havia uma semana frequentava assiduamente a casa de Soares, onde ia se familiarizando. Passava tardes inteiras no jardim, na doce companhia de Alberto e de Judite.

O mundo que tudo vê, porque tudo espreita e tudo observa, começava de inquietar-se com as constantes visitas de Edmundo ao seu amigo na ausência do Comendador; e de todos os lados, como é costume numa sociedade curiosa de tudo saber, choviam comentários a respeito. A desconfiança e a maledicência pairavam nos espíritos corrompidos.

Eu vi, eu próprio, muitas vezes o filho do Barão apear-se do tílburi.

Por que então todas as tardes a ingênua esposa do Comendador corria à sacada, a ânsia estampada no semblante, até que o carro de Edmundo surgisse na ponta da rua? Por que, ao vê-lo chegar, um sorriso de satisfação desabrochava-lhe na flor dos lábios como a gota de orvalho no seio de uma rosa? O certo é que a menina ia se esquecendo a pouco e pouco de sua boa e inseparável galga, das plantas, das flores que, talvez, alimentavam-se do seu hálito. Alguma coisa estranha preocupava intimamente aquela alma dada às meditações. Algum novo sentimento enraizava-se pujante no coração excessivamente sensível da moça, que tudo ia esquecendo, até o passado que ela respeitava, para fixar o pensamento em uma única coisa.

A imagem sombria do Comendador apagara-se-lhe inteiramente da imaginação, onde novas imagens flutuavam.

Tudo nos leva a crer que aquela ânsia de ver o filho do Barão, toda aquela nova espécie de tristeza, todo aquele esquecimento das coisas outrora de tanto valor para si, eram o gérmen fecundo de uma paixão que tomava formas assustadoras naquele coração inexperiente. Ela sentia-se irresistivelmente dominada por um sentimento estranho, por uma coisa que ela própria não definia.

— Terá chegado a minha hora, meu Deus? — dizia ela quando estava a sós, erguendo os olhos cheios de amor e meiguice ao céu, como se de lá lhe pudesse vir o confortável bálsamo. — Mas eu sou tão moça ainda...

E levava insensivelmente o lenço aos olhos.

O amor produz dessas explosões de prantos.

A infeliz rapariga estava num desses momentos em que é forçoso fazer parar a estranha corrente que muita vez arrasta ao túmulo. Via-se no seu semblante, até então rosado, a fria palidez da lousa dos sepulcros. Ia descorando a rosa ao corroer do inseto oculto na folha. Nunca lhe apavorou tanto a imagem da morte. Se juntava, de repente, o fatal pressentimento surgia-lhe na frente e ela chorava sem que ninguém soubesse a causa daquele choro.

— Eu sempre fui assim — dizia ela soluçando, ao irmão, como se lhe houvessem feito algum mal.

— Queres que mande dizer ao Comendador — dizia Alberto —, ou preferes que mande chamar um médico?

— Nada... nada — interrompia ela, esforçando-se por abafar a chama intensa que lhe ardia no peito. — Não, não quero... Isto passa.

— Pois bem, mandarei chamar o Edmundo para passar a noite conosco. Ele sempre tem que dizer e algumas histórias de viagens podem te servir de calmante. Queres?

— Não sei... — balbuciava ela ingenuamente.

À noite vinha o rapaz com o seu modo agradável de tratar as pessoas, com a sua gentileza nunca excedida, já inserindo no meio da atraente conversação uma anedota espirituosa, um conto alegre, já comovendo, abalando o espírito dos ouvintes com o aticismo de sua linguagem.

Ah! Se Judite, aquela pérola, conseguisse ver no coração do moço amante, enxergaria sob a capa hipócrita que o envolvia manchas muito negras!

Mas ela era inexperiente, não conhecia os homens como eles são na realidade e, fraca, ia deixando-se iludir pela beleza exterior, pelo amor fingido.

A formosa Judite não conhecia o terreno em que pisava. Caminhava à mercê da sorte, sem alguém que lhe ensinasse o caminho. Deixava-se seduzir inocentemente.

CAPÍTULO 7

Uma noite, como de costume, um carro parou à porta do chalé do Comendador Soares e um rapazinho de porte elegante, caprichosamente vestido, entrou. Era Edmundo.

Judite o vira apear-se e apressara-se em recebê-lo à porta.

O moço tocou levemente a mão da rapariga.

— Alberto? — foi a sua primeira palavra.

— Dorme — respondeu-lhe a outra, abaixando meigamente os olhos.

— Às sete horas?

— Eu lhe conto — tornou a moça, dirigindo-se à sala de visitas. — O senhor sabe quem é Alberto, conhece-o perfeitamente, para que eu o descreva. Pois mano hoje não jantou em casa e ainda há pouco entrou, coitado, nos braços de dois de seus amigos. Estava embriag...

Judite sentia-se sem forças para terminar aquela palavra.

— Eu sei — tornou Edmundo —, Alberto é um pouco extravagante e por mais que eu o aconselhe, nada tenho conseguido. Concebe-se, porém: a mocidade tem dessas loucuras. Mais tarde, quando tomar juízo, que ainda é bem moço, ele há de mudar.

— Mas é tão feio...

— Sim, eu o reconheço. Nada há mais ridículo que a embriaguez; deve-se, porém, ser bom para com esses desgraçados. Coitados, são arrastados pelo delírio.

Quemnão conhecesse Edmundo e o ouvisse falar naquele instante, não duvidaria em fazê-lo um moralista severo, tal era a expressão que o artista sabia dar às palavras que proferia. Entretanto, ali estava o vício personificado.

Quantas taças de champanhe haviam-se quebrado naquelas mãos enluvadas ninguém o poderia dizer.

— Não seria, porém, permitido ver o meu amigo? Talvez acordasse...

— Em todo o caso, queira acompanhar-me — interrompeu Judite dirigindo-se para a alcova vizinha, onde se achava Alberto. Seus amigos o haviam conduzido a esse compartimento modestamente mobiliado.

Aí estava ele, estirado no leito, sem paletó.

Foi nessa posição que o encontrou Edmundo. O moço dormia com o rosto mergulhado no travesseiro; via-se uma das faces onde os últimos traços da embriaguez iam se apagando com o sono.

Adivinhava-se, vendo-o, que estivera em uma orgia.

À porta da alcova a moça parou e, esperando Edmundo, disse:

— Ei-lo, ainda dorme. Confio que dentro em pouco tudo cessará. Quer falar-lhe, não é verdade?

— Não, não o acorde — atalhou Edmundo. — Deixe-o estar assim; esperá-lo-ei.

— Vamos então para a sala.

A hora era chegada. Edmundo ia aproveitar-se do abatimento do amigo para talvez traí-lo; cumpria-lhe quanto antes fazer a fingida e estudada declaração. Estavam os dois na sala de visita: Judite e Edmundo. Ainda não se havia acendido o gás, porque a lua, surgindo por cima dos telhados de defronte, enchia a sala de sua doce claridade que ter-se-ia de desaparecer ao brilho da luz artificial.

Efetivamente, o céu estava lindo. As estrelas, o imenso rebanho guardado pela lua, cintilavam quais olhos feiticeiros; ouviam-se as passadas das pessoas que passeavam na rua, aproveitando o luar.

Judite havia se reclinado languidamente no sofá forrado de seda azul e tinha os olhos pregados num dos quadros da sala intitulado "A despedida".

A cena passava-se no campo. Um céu belíssimo, irrepreensivelmente pintado, uma lagoa onde boiava o cisne e a cerca erguendo-se dos matagais em flor. Ela, descansando a bilha à margem da lagoa onde fora buscar a cristalina água, enfiava os olhos ao longe num cavalheiro que partia a trote largo. Um lenço flutuava-lhe entre os dedos ao sopro da brisa da tarde. Era o último adeus.

Judite estava encantada com aquele quadro. Nunca o vira mais belo. O pintor, da escola moderna, era desconhecido.

O que se passava então no interior da pobre Judite ninguém o poderia saber. Mais do que nunca ela estava sedutora; vestia um simples roupão branco com laços azuis. Os cabelos, desatados descuidosamente, flutuavam-lhe nos ombros, e os lábios semicerrados deixavam ver uma carreira de dentes alvos como espuma.

Calçava uns chinelinhos de lã feitos por ela mesma, e a sua galga, a boa Nina, descansando sobre as patas traseiras, contemplava-lhe em atitude de quem sofre.

Edmundo sentara-se em frente à Judite e, recostado, parecia esperar que ela rompesse o silêncio já bastante prolongado.

O moço vibrava como uma lâmina, tinha medo de dizer qualquer palavra que fosse corar o anjo que ele ali via e que a luz da lua tornava ainda mais encantador.

Passou-se muito tempo assim, até que Judite, desviando o olhar do quadro, fixou-o em Edmundo e instintivamente escaparam-lhe dos lábios estas palavras:

— Senhor Edmundo não fala?

Edmundo, como a fera que espera, os olhos chamejantes, o primeiro movimento da vítima, esperava uma palavra de Judite. Sentiu-se livre de um peso enorme e, com a voz repassada de fingida mágoa, disse:

— O que hei de eu dizer, D. Judite? A senhora ainda não percebeu que eu sofro calado? O que pode lhe dizer quem até hoje não conheceu a amizade, o amor verdadeiro, senão sob o domínio dos seus olhares?

Era possível e mesmo muito natural que um moço como Edmundo, que desprezava a virtude, experimentasse agora no peito o sentimento do belo que leva as almas ao caminho do bem, mas, o filho do Barão de S... tinha um coração de pedra. Amor, virtude, amizade, tudo não passava para si de meias palavras que ele sabia empregar sempre que fosse necessário iludir a inocência, a ignorância ou a fraqueza.

Às palavras de Edmundo a moça estremeceu. Não esperava tão pronta declaração; e, contudo, teve bastante coragem para retorquir:

— O senhor me ama?

— Se a amo...!

Edmundo não pôde se conter, ergueu-se e foi sentar-se ao lado de Judite.

— Se a amo! — repetiu, tomando-lhe a mão que ela por um instante afastou, para depois entregá-la.

— Eu tive uma irmãzinha que Deus levou... creia, depois de minha mãe, nunca mais amei pessoa alguma a não ser a senhora...

Era admirável como aquele mancebo falava em Deus e amor de mãe. Era espantoso como ele sabia dominar com a palavra que saía-lhe dos lábios fluente, como se na realidade sentisse tudo!

Era Satã, a serpente, iludindo Eva.

Judite escutava as palavras mentirosas de Edmundo com o respeito que provém da ingenuidade. De súbito um pensamento atravessou-lhe a imaginação.

— E o Comendador?

— Não, Judite, tu não és casada. O Comendador é um homem sem coração. Não te deixes iludir. Queres? Fujamos. Iremos ambos juntos, como almas que se amam e são felizes, habitar distante das grandezas deste mundo. Vamos... fale...

O rosto da rapariga incendeu-se de pejo ante aquela palavra — fujamos —, e um relâmpago iluminou-lhe o semblante.

"Fugir!", pensava ela. "Sim! Eu fujo e vou viver com ele, sozinha, bem longe daquele homem."

— E então? — tornou Edmundo, aproximando-se-lhe mais e mais.

Judite teve ímpetos de lançar-se inopinadamente nos braços do seu sedutor e dizer-lhe chorando de alegria:

— Vamos, fujamos de tudo isto!

Lá fora, na rua, o silêncio só era interrompido pelas vozes confusas dos transeuntes. Depois o céu foi se cobrindo de nuvens e a lua de quando em quando ocultava o seu rosto de luz.

Um cão uivava não se sabia aonde. O momento tornou-se sinistro. Como que alguma coisa de infernal adejava em torno à casa do Comendador.

Ia escurecendo.

— Mas... — balbuciou a moça.

— Ah! Como és bela, Judite! Como és divina, mulher dos meus sonhos! Vem! Lança-te em meus braços. Só tu me podes livrar de uma loucura. Eu sou um desgraçado...

Edmundo ajoelhou-se aos pés de Judite e esta, estática, continuou imóvel e muda, enquanto Nina, desprezada por sua amiga, sem compreender nada do que se passavan naquela sala, fora se esconder a um canto.

Edmundo, com os olhos faiscantes, todo trêmulo, tentou encostar os lábios, hediondos como a beira de uma chaga incurável, nos lábios da moça; parecia o gênio do desespero ante o anjo do amor.

Deus, porém, não devia consentir na consumação daquela obra vil. Tudo era escuridão e silêncio, quando um relâmpago como saído do seio da terra iluminou os céus e um dedo invisível traçou uma letra incompreensível de fogo. O trovão repercutiu o seu som rouco pelas cavernas, como ameaçando desabar tudo e o silêncio e a escuridão voltaram. Ouvia-se o bater da chuva pelas calçadas.

Edmundo, erguendo-se ao clarão do relâmpago, cambaleara no meio da sala, branco, os punhos cerrados e os olhos esbugalhados — um verdadeiro espectro ameaçando as trevas.

Judite tornou-se lívida e gélida; os lábios tremiam-lhe como se os quisesse abrir para dizer uma palavra.

Em pouco o silêncio foi de novo interrompido, porém, desta vez por uma voz abafada partida do interior da casa, que exclamava:

— Mana... Edmundo... — e outras palavras entrecortadas que mal se podia perceber.

Era Alberto que sonhava...

CAPÍTULO 8

Estava uma manhã fria e neblinosa. A neve caía miúda, sem que uma réstea de sol fosse rasgar o véu branco que bordava o cume das montanhas.

Judite, à janela de sua alcova, parecia meditar profundamente, passeando os olhos pelo quintal. Tinha o ar de quem passou mal a noite, os vestígios de uma noite mal dormida desenhavam-se-lhe claramente no semblante.

Era triste de ver-se quanto ia definhando aquele entezinho meigo e franzino. Cada dia aparecia mais sombrio e melancólico, chorando mesmo quando se ria. É que as tempestades da vida abatem quando não matam. Judite era como uma dessas flores peregrinas dos jardins, que emurchecem a um sopro.

Um dia, chegando-se ao espelho, viu alvejar entre os seus bonitos cabelos um fiozinho de prata. Arrancou-o e, olhando-o tristemente, soltou-o fora da janela, dizendo:

— Até tenho cabelos brancos! Não tardam a apareceras rugas. Minha mãe também era assim: com vinte e cinco anos tinha a cabeça branquinha...

Ela falava consigo mesma, com a sua sombra, que parecia dizer-lhe do outro lado do espelho:

— Como és bem feita!

Ela bem o sabia, era por isso que revoltava-se contra o Comendador:

— Eu, uma mocinha de vinte anos, casada com um velho de cinquenta!

Em que cismava ela quando a encontramos à janela, bem o presume o leitor.

Os acontecimentos da véspera, Edmundo, o sonho de Alberto, tudo a preocupava naquele isolamento.

"Antes eu nunca o houvesse conhecido", pensava ela, tocando com o dedo a pétala mimosa de uma dália. "Ele saiu tão agastado ontem... Eu não tive a culpa; a tempesdade..."

Ela fazia essas reflexões como se realmente conversasse com a flor, mas, eis que batem à porta do quarto.

— Quem é? — perguntou, dando volta ao trinco.

— Sinhazinha não toma o café? Está esfriando em cima da mesa.

Era uma negrinha que vinha, como era de costume, oferecer o café matinal à sua ama.

— Não, hoje não quero. Alberto já acordou?

— Não, senhora.

— Bem, assim que ele despertar, leva-lhe café.

— O que tem Sinhazinha que anda tão triste?

— Nada, Damiana. Vai.

Judite tornou a fechar-se no quarto e foi sentar-se à beira do leito.

Entrava pela janela adentro um cheiro suavíssimo de rosas e violetas, e o ar puro da manhã embalsamava todo o quarto que, bem se via, tinha sido arrumado por mão de moça.

O leito estava perfeitamente preparado, como se ninguém o houvesse bulido e trescalando perfumes; o travesseiro, enfeitado de rendas as mais ricas, trazia na parte superior o nome — *Judite.*

Ela o esteve contemplando por muito tempo; e depois, não se contendo, não podendo mais suportar o pranto que lhe pesava no peito, chorou.

— Eu sei — dizia, soluçando —, eu queria ao menos que ele...

Não pôde continuar, curvou-se e deitou a cabeça leve sobre o seu nome.

Às oito horas, vieram-na chamar.

O pranto havia serenado, mas a alma sofria.

A mesma criadinha que fora levar o café chamava-a para almoçar.

— O senhor Alberto já está à mesa — disse ela.

— Diga-lhe que não tenho fome, que vá almoçando.

— Nem uma xícara de leite, sinhazinha? Está tão fresco...

— Não tenho vontade.

O diabinho de saia correu a dar o recado a Alberto, que lutava por devorar uma costeleta de carneiro.

Ao saber que sua irmã não queria almoçar, ergueu-se e dirigiu-se ao seu quarto.

— Então — disse ele assomando à porta do quarto —, que tens tu, mana?

— Passei mal a noite e preciso recuperar o sono.

— Mas, então, não queres nada, definitivamente?

— Sim, não quero forçar a minha natureza.

Alberto não quis teimar e foi terminar o almoço.

O dia estava chuvoso, por isso não quis sair. Findo o almoço dirigiu-se ao quarto de

Judite e sentou-se a seu lado.

— Eu bem sei o que tu tens, minha sonsinha, tudo isto são saudades do Comendador. E por que não? A ausência prolongada das pessoas que se ama produz saudade e melancolia, não é assim?

— Há de ser... — respondeu secamente a moça.

— Isto mesmo já lho mandei dizer na última carta. Vamos, porém, conversar sobre outras coisas, sobre coisas alegres. Preciso ver-te satisfeita, desabrochando em risos como uma criança a quem se faz cócegas. Uma coisa: Edmundo veio ontem aqui?

— Veio lhe procurar, senhor dorminhoco. Já sabe, eu lhe disse a verdade.

— Não faz mal. Ele hoje há de vir outra vez e então passaremos a noite ou jogando o *écarté* ou contando histórias, ainda que sejam da Carochinha ou do João de Calais.

Enquanto conversava, Alberto batia docemente na mãozinha aberta de Judite.

— Se eu fosse o Comendador, todo o dia de amanhã, ao acordar, dava-te dois bolinhos, assim... assim... — E ele mostrava como havia de ser.

Naquele coração abjeto ainda existia um cantinho puro reservado a Judite, onde se aninhava o amor fraternal.

Alberto tratava sua irmã como a uma criança. Às vezes, brincando, ela dizia sorrindo-se com essa malícia inocente peculiar às moças bonitas:

— Veja como me trata, senhor meu irmão, eu já não sou criança; sou a esposa de um Comendador!!!

Nesse dia, porém, a boa da rapariga não estava para graça.

Manifestou aversão por tudo; nada lhe agradava; queria estar só. Todavia, assim passou-se o dia entre as carícias de Alberto e os arrufos de Judite.

Chegada a hora dela jantar, sentou-se à mesa, mas só pôde tragar uma fatia de queijo com doce.

CAPÍTULO 9

Instantes depois do jantar, Alberto recebeu uma carta de Soares que terminava nestes termos:

"Talvez acabe morando aqui. Tudo na fazenda é vida. Os escravos acalmaram-se com a minha presença. Só a saudade me arrancará daqui, logo que se finde o S. João."

No dia seguinte à sua chegada à fazenda, estando selados os cavalos, o Comendador saiu a percorrer os sítios onde havia plantações.

Os cafezais cobriam-se de geada e, como o Vicente lhe mandara dizer, a última colheita não fora das melhores.

O Soares ia na frente, ao lado do irmão, e alguns negros seguiam-nos de enxada às costas.

Não durou muito essa primeira excursão *à* roça.

À hora do almoço todos se achavam à mesa e o Soares, meio descontente por ver o pé em que se achava a fazenda e recordando-se ainda de sua longa prática da vida rural, dava-lhe algumas informações sobre a maneira mais escolhida para preservar o café das tenacidades do inverno.

D. Quitéria, que já havia se esgoelado bastante com os escravos, exclamou exaltada:

— Tudo isso o Vicente faz, que eu tenho visto. Mas é uma vadiação lá do lado dos negros que você não imagina!

Ao meio dia houve forma geral de escravos e o Comendador, feito general em chefe das tropas, passou revista aos seus soldados.

Depois, tomando um ar sério e respeitável, colocou-se a vinte passos de distância do esquadrão. As esporas tremiam-lhe nos calcanhares como os arreios num cavalo inquieto; gemiam-lhe as botas e o chicotinho de pele de raposa vibrava-lhe na destra:

— Eia, escravos! — bradou ele depois de haver lançado um olhar de lince por sobre aquela turba de infelizes; e continuou fazendo-se vermelho como os lábios do Joaquim.

— Já deveis presumir o que me trouxe às terras que me viram nascer! Pois bem. De hoje em diante a primeira desconfiança de insurreição que toldar o espírito cá do Vicente (e apontou o irmão, que efetuava lépidos movimentos de cabeça, à semelhança das lagartixas), eu saberei vingar!

Dizendo isto, Soares fez tremer no ar o chicote.

— Se o vergalho — continuou — não fizer efeito, a chibata saberá fazer escorrer o sangue a jorros. O mesmo tronco que viu morrer vossos pais agrilhoados será o lugar medonho do vosso suplício tremendo.

O Comendador sabia colorir as suas palavras que, repercutindo nos ouvidos dos desgraçados, faziam-nos estremecer de medo.

As crianças, na mão das mães, apavoradas, quase chorando, ocultaram-se nas dobras das saias como se vissem em sua frente Belzebu ou *Han*, o islandês, o demônio de Walderhog.

Tudo ali era silêncio naquele instante; só a voz do fazendeiro retumbava na senzala.

— Ficai, pois, certos —, terminou enfim o nosso homem, todo rubro como um pimentão —; como sempre, serei inexorável ante a menor suspeita.

No semblante de alguns escravos via-se retratado o ódio; a raiva ia-lhes por dentro, como no peito do tigre enjaulado.

Expedidas as ordens, cientes os negros das disposições terríveis do *senhor*, dispersaram-se em grupos e retomaram o caminho do trabalho por um instante interrompido.

D. Quitéria, havendo passado mal a noite, queixava-se de umas dores nas pernas que a não deixavam assistir ao discurso do irmão. Contudo, a mulher tinha tanto ódio aos infelizes escravos, que ainda na cama resmungava inquieta:

— Se eu fosse o mano nesse momento, passava revista, mas havia de ser nas costas de todos eles. Pestes! Por eles é que eu sofro...

Na fazenda, o Comendador não podia almejar vida melhor, mais folgada. Nada lhe faltava naquele paraíso onde ele fazia as vezes de sultão. Logo ao acordar, uma criada ia levar-lhe leite, que ele sorvia de um gole e depois do indispensável banho frio, que ou era mesmo em casa ou numas cachoeiras vizinhas, saía a passear a cavalo.

A vida no sertão é assim: folgada e livre. Nada oprime o sertanejo, que em tudo vê o bem estar e a felicidade.

O Comendador, como se vê, não era desses sertanejos que passam metade de sua vida viajando, de pouso em pouso, como nômade, ora descansando à beira de um riacho, ora armando a sua tenda improvisada às sombras da gameleira, ao cair da noite.

Havia muito tempo que Soares não visitava a fazenda, que entregou aos cuidados de seu irmão e de sua irmã Quitéria. Era por isso que ele agora preferia a roça à Corte.

A sua saúde, ultimamente algum tanto alterada, voltou aos seus eixos sob a influência de um clima puro e são.

— Decididamente nada se compara a isto — dizia ele. — Aqui tem-se menos que pensar. Sim, estou convencido: a vida no campo é o melhor conforto para os que, como eu, têm sofrido tanto.

Realmente o Comendador estava deslumbrado pelos efeitos higiênicos dos ares campestres. Ninguém lhe afastava a ideia de que devia mandar buscar o resto da família para a fazenda. Um fato, porém, inesperado, veio derrubar-lhe todos os castelos tão caprichosamente construídos por sua imaginação. Achava-se ele na casa do vigário, distante da sua algumas braças: uma casinha de porta e janela e jardim nos fundos. Era daí que o vigário saía todos os dias de manhã, a dizer missa aos fiéis de E..., na modesta igrejinha de Nossa Senhora do Amparo.

Os dois eram amigos velhos. Na ocasião em que os vão interromper, jogavam o gamão a pôr do sol e, entre risadas, narravam alegres contos de sua meninice.

— Criança! Criança é o diabo —, dizia o vigário, arregaçando a batina —; quem diria que eu teria de dizer missa, eu, aquela criança endiabrada como um rato, a atirar pedrada no Chicão, lembra-te? O Chicão, o mestre-escola?...

Estavam neste ponto da já adiantada palestra, quando um negrinho veio interrompê-los.

— Que queres? — perguntou Soares, carregando na voz.

O moleque aproximou-se, perfilando-se, e entregou-lhe uma carta.

— Este é seu? — disse o vigário, logo que o preto retirou-se.

— É, o Inácio.

— Boa peça! — continuou o padre, despejando os dados e gritando: — Seis e ás!

Soares tirou os óculos, rompeu o envelope e leu a carta que se lhe dirigia. O autor desse manuscrito misterioso assignava-se: *Vox populi.*

A cada palavra que seus olhos deparavam naquele papel, o Comendador estremecia e franzia as sobrancelhas com ar de espanto.

Para satisfazermos a curiosidade do leitor, transcrevemos o trecho da carta:

"V. Excia. não pensou talvez no passo que deu, deixando sua esposa com o irmão. Alberto é um devasso. Todos os dias entra-lhe um amigo pela casa adentro.

Cuidado, Comendador, a menina anda triste e os perversos não tem amigos honrados. Quem lhe avisa, seu amigo é."

Assim que Soares terminou a leitura, estava pálido e nervoso.

Para ele, aquela carta era a verdade em toda a sua nudez, não havia dúvidas. Alberto

escancarara as portas de sua casa aos falsos amigos e estes abusando...

Neste ponto de suas reflexões, ele erguera-se encolerizado e revoltado contra si mesmo; exclamou:

— Não! Ela não deixar-se-ia iludir tão facilmente....

— Mas o que tem, Comendador, que está tão pálido? Sente alguma coisa? Quer entrar?

Essas perguntas acudiam à mente do vigário, que não sabia o que se estava passando naquele momento com o seu companheiro de gamão.

— Sente alguma vontade, não faça cerimônia...

— Não, Sr. vigário, não é nada.

— Então, morreu-lhe algum devedor?

Soares, agitado como estava, não deu atenção às perguntas do bom do vigário e, apertando-lhe a mão, dispôs-se a partir.

— Adeus, senhor vigário, negócios importantes me chamam à Corte. Talvez ainda nos veremos.

— Adeus, Comendador. Seja feliz em seus negócios. Paciência, calma...

Caía a noite. O prior, vendo-se só, deitou do lado o gamão, lastimando não haver ganho por um triz a partida tão bem planejada e adormeceu lendo o breviário.

CAPÍTULO 10

Bem longe estava o Comendador de pensar no que lhe havia de fazer deixar tão depressa a fazenda. A vida aí, de tantos encantos, tornara-se-lhe como um fardo insuportável, depois da carta que recebeu. Cumpria-lhe não mais esperar e partir enquanto era tempo. A sua honra estava ameaçada e o seu nome prestes a ser pronunciado com escárnio pelo boca de todo o mundo como pertencendo a um homem traído miseravelmente. A situação era com efeito das mais melindrosas. Pouco lhe importava Judite, mas o nome, a honradez era tudo que lhe fazia andar a cabeça à roda.

O mundo lhe chamava, cumpria obedecer. Ao deixar o vigário, o nosso homem tomou o caminho de casa. Ia mudo e taciturno. As sombras da noite que caía emprestavam-lhe um ar ainda mais austero, mais terrível. Parecia-lhe ouvir a todo o instante vozes atrás de si ferindo o silêncio da noite: — Corra, Comendador, corra que a tempestade é iminente! A mulher é essencialmente fraca. Parta que ainda é tempo.

Aquilo fazia-lhe tremer e os cabelos eriçavam-se-lhe como se vissem almas do outro mundo em cada sombra de árvore. Soares estava numa crise difícil. Estava assombrado; ele, que nunca crera em espíritos, de caminho movia-se a qualquer pancada, benzia-se ao menor sopro de aragem que lhe trazia um eco: É tarde!

Finalmente alcançou a casa. Vicente e D. Quitéria de nada sabiam e portanto receberam o irmão debaixo de pilhérias e risotas. Soares, porém, não ria-se. Tinha o aspecto mais sisudo do que de costume e olhava desconfiado. “Que terá ele hoje?”, avançou D. Quitéria tomando-lhe o pulso.

— Você esteve com o vigário, mano?

— Deixa-me, deixa-me por um instante, Quitéria; preciso estar só.

— Gentes!

— Deixe-o, Quitéria — acudiu Vicente, endireitando os suspensórios. Nem sempre se está para caçoadas.

Dois negrinhos de olhos acesos como duas brasas viram o *senhor* entrar e correram para dentro repetindo:

— O diabo te leve... não se perde nada.

A solidão suaviza o espírito aborrecido, aliviando os males. Na solidão está-se com Deus.

Soares recolheu-se aos seus aposentos, começou a preparar-se para a viagem; enquanto os irmãos, falando baixinho no alpendre, discutiam a causa de tão repentina mudança nos ânimos do outro.

Vicente, que era católico fervoroso, dizia, mastigando o seu comprido cachimbo de louça:

— Quem tem parte com padre, tem parte com o diabo. Hoje que o mano lembrou-se de só jogar o gamão com o vigário, é que nos entra em casa desta maneira. O padre... o diabo...

Àquelas palavras, a hipócrita de Quitéria não pode deixar de benzer-se, resmungando entre dentes:

— Ave Maria, mãe de misericórdia... Vicente, você está tão herege assim? Virgem Nossa Senhora!... Aquilo é que o mano ou tem muitas saudades da menina ou não beijou a mão do Sr. vigário.

— *Vade retro*! — retorquiu Vicente, entre uma baforada. — Beijar a mão do Diabo!

— Basta, mano, basta. Você hoje está muito judeu...

E lá se foi a Quitéria, arrastando as reumáticas pernas até o oratório.

No terreiro, os cães latiam à lua que surgia dentre as montanhas como uma brasa enorme, como uma hóstia de sangue. Era a hora em que tudo volta ao sossego. Na fazenda, o dormir-se cedo era costume antigo, exceto nos dias de luar, em que todos iam ao alpendre gozar do fresco da noite.

Todos se recolheram.

CAPÍTULO 11

Na Corte, após uma noite que não dormira em casa, Alberto adoecera.

A moça, cada vez mais triste, esperava ansiosamente o dia misterioso em que, como dissera Edmundo em uma carta, "devia-se decidir tudo". Não havia mais dúvida em fugir com o seu amante e o lugar designado para a primeira entrevista amorosa estava assentado, seria o quarto de Judite "ao anoitecer", dizia a carta. Imagine-se, pois, com que ansiedade a inocente rapariga não esperava esse dia feliz, mas que muito fatal tornar-se-ia. A sua crença no amor puro e desinteressado do moço era tal que ela não duvidava em o receber no seu quarto, à noite.

Pobre Judite!

Ao primeiro sinal, duas pancadas no portão do jardim, ela deveria descer e recebê-lo.

Cada vez que Judite passava os olhos sobre a carta perfumada do mancebo, repetia beijando-a muitas vezes:

— Oh! Como serei feliz nesse dia?

Tornara-se até vaidosa; ela que sempre fora inimiga dos esplendores artísticos com que em geral as moças se enfeitam, como se assim fizessem realçar o brilho de sua beleza, não deixava o espelho. Ela não sabia que quanto mais esquecida fosse de si, mais bonita seria. Nada lhe ficava tão bem como os magníficos cabelos soltos distraidamente, sem arte, como o modesto vestidinho branco com que se vestia todas as manhãs, ligeiramente salpicado de pequenos laços de fita azul. Desde o dia em que Judite recebera a carta, não sossegou mais, não dormia noites inteiras e levava todo o tempo em seu quarto a falar a sós consigo, como uma louquinha. Só saía dali para visitar Alberto.

Todos naquela casa sofriam, até a pobre Nina, esquecida para um canto; os criados davam-lhe com os pés e ela, magra, sem forças, desprezada, resignava-se soltando uns gemidos surdos que ninguém ouvia. A dor moral aniquilava a mísera a ponto dela já não se poder levantar senão a pontapés. Quando alguém se lhe aproximava, ela olhava assim com uns olhos desvairados e úmidos e encolhia-se toda como se quisesse desaparecer pelo chão adentro.

Como foram ingratos para a pobrezinha! Tudo é assim: o bem se paga com o mal.

CAPÍTULO 12

Chegou enfim o desejado dia.

A ocasião era propícia. Reinava o silêncio em torno da casa do Comendador, um silêncio lúgubre como se as asas de Satã abrissem-se para ocultar um crime. A rua estava deserta. De vez em quando uma nuvem negra encobria a face da lua que se levantava e por vezes uma neblina fria borrifava as calçadas. A lua parecia correr, tal era a velocidade das nuvens: dir-se-ia uma alma perdida nas pampas do azul. Estranhos rumores elevavam-se da terra; ao longe cantavam os galos. Eu creio na fatalidade. Esta noite estava destinada a perpetração de um crime horroroso — a desonra de uma família; ao primeiro grito da vítima, Satã deveria, agarrando-a pelos braços, expô-la a irrisão da sociedade o juiz implacável que lhe havia de punir severamente.

Judite estava no jardim. Toda de branco, de uma beleza rara, ela assemelhava-se à ovelha que não vê o cutelo prestes a decepar-lhe de um golpe a cabeça. Estava pálida e inquieta; é que sofria muito. O amor, onde quer que passe, deixa os vestígios da dor. Judite supunha chegada a hora suprema de sua felicidade na terra, quando tudo era negro ao redor de si. Quem a visse naquele instante, sentada sobre um banco de relva, entregue aos seus sonhos, diria — ali está um espectro. A instantes a moça erguia-se, murmurava umas palavras trêmulas, incompreensíveis, e aproximava-se do gradil; num daqueles momentos, um galho de jasmim pendeu sobre sua cabeça e, como se uma mão invisível o tocasse, um punhado dessas flores espalhou-se no ar a uma rajada de vento e foi cobri-la.

Ela olhou assustada e balbuciou:

— Ah!...

Depois, certa de que tudo fora ocasionado pelo acaso, tornou:

— Pensei que fosse ele...

Eram sete horas assinaladas pelas pancadas monótonas de um sino. Na extremidade da rua de... parou um carro, de onde apeou-se um homem cuidadosamente encapotado que, dirigindo-se ao cocheiro, disse-lhe duas palavras ao ouvido e encaminhou-se para o outro extremo da rua. Além da grande manta que lhe ocultava todo o corpo, trazia um chapéu de abas largas que como uma máscara ocultava-lhe o rosto. Aproximando-se do jardim que contornava a casa do Soares, o vulto, parecendo vacilar por um instante, olhou a janela do quarto de Judite. Depois, descobriu uma das mãos e bateu duas vezes no portão.

Ninguém lhe respondeu. A moça, perdida nas suas contemplações, não se lembrava que era chegado o momento. Brilhavam tanto as faces, que difícil seria distinguir se eram lágrimas, se orvalho caído das plantas que roçavam-lhe o rosto delicado. Havia momentos em que ela estremecia como uma histérica.

Em seguida, as duas primeiras pancadas soaram novas e uma voz sumida falou: —Judite!...

A rapariga acordou, levou a mão aos olhos como se despertasse de um sono e, alisando docemente os cabelos, dirigiu-se para o portão.

— Edmundo! — disse ela.

— Sou eu, querida — respondeu-lhe de fora o vulto, descobrindo-se.

Era Edmundo, com efeito.

Reconhecendo-o, Judite abriu o portão e lançou-se-lhe nos braços.

— Espera — disse ele —, não vês que podemos ser vistos?...

Judite tinha a cabeça encostada ao coração de Edmundo. Dir-se-ia que aquela alma cheia de amor vibrava às palpitações incertas do coração do mancebo.

Edmundo tirou o sobretudo, atirou-o sobre a relva de envolta com o chapéu, deixando aparecer, na cintura, a lâmina de um punhal. Judite não o vira porque estava cega de amor; não pensava senão na fuga. Despido das negras vestimentas que ocultavam-lhe o rosto e o punhal, Edmundo tomou entre as mãos a cabeça da moça, beijou-a mil vezes e ia oscular-lhe os seios que abriam-se-lhe nas unhas, quando um grito feroz, repercurtindo na noite, fê-lo parar.

— Infame!

E um clarão vermelho alumiou o jardim, deixando ver os dois jovens estupefatos, hirtos e mudos como duas estátuas fundidas num mesmo bronze. Ao clarão seguiu-se o som de um tiro e o choque de uma bala ecoou do outro lado da rua.

Um homem, ou antes, uma fera com semblante humano, olhava-os de cima da escada que ia dar ao sobrado. A fera rugia como preparando o bote ao primeiro movimento da presa.

As árvores curvavam-se ao sopro de uma aragem branda, que fazia eriçar os cabelos.

O eco do tiro perdeu-se na escuridão. O céu estava negro como a abóbada de um subterrâneo e aqueles dois vultos, abraçados no meio do jardim, tinham um aspecto sublimemente fantástico.

Depois, como se aos poucos fosse recuperando os sentidos, Judite desprendeu-se dos braços do seu sedutor e, soltando um grito de hino que alguém martiriza, foi cair como morta, como uma santa, num leito de rosas e violetas. O mancebo vacilou, tremeu e, levando precipitadamente a mão à cintura, tomou do ferro, vibrou-o no ar e vendo que quem quer que fosse aquela sombra não ousava avançar, fugiu covardemente. O rodar apressado de um carro quebrou o silêncio da noite e a lua espalhava a sua pálida claridade pelo jardim do Comendador, que apresentava um quadro bem triste. De um lado, perto do portão, o corpo inanimado de Judite, cujos cabelos dispersos pelo chão formavam com as flores uma espécie de ninho; do outro lado, a roupa de Edmundo, a capa, o chapéu e em cima o punhal.

O desconhecido, com os braços cruzados, sem dizer palavra, contemplava de sobre a escada o corpo de Judite.

Além de tudo isto, como para tornar mais sombrio o espetáculo, um animal, a galga, lambia o rosto da moça, branco como o de uma virgem morta.

CAPÍTULO 13

O Comendador estava, pois, resolvido a partir. Ao amanhecer o dia, imagine-se qual não foi a admiração de D. Quitéria e do Vicente, quando o irmão se lhes apareceu de mala em punho, capa e botas.

— Onde vais assim? — perguntaram os dois ao mesmo tempo.

— Alguma excursão científica... —tornou o Vicente, a rir.

O Comendador não se ria; estava sisudo e desfigurado. Aproximou-se de D. Quitéria, abraçou-a friamente, passou ao Vicente, fez o mesmo e acrescentou, sem uma lágrima no solhos:

— Adeus...

D. Quitéria, não compreendendo o que se estava passando, cruzou os braços; por sua vez, o Vicente, que possuía o dom de ridicularizar facilmente as coisas mais sérias, lançou um olhar oblíquo ao irmão, que saía e disse, meneando a cabeça ironicamente:

— Acaba no Hospício, este meu irmão.

Entretanto, o Comendador partiu, chegando à Corte à noitinha.

Um criado veio abrir-lhe a porta da rua e ele como um espião, subiu pausadamente, levemente a escada. A casa estava silenciosa; dir-se-ia prantear a morte de alguém.

Alberto, ainda não restabelecido dos seus últimos incômodos, dormia. O Comendador foi direito ao quarto do moço: estava fechado. Olhou pelo buraco da fechadura e viu-o sob os cobertores.

Em seguida passou à alcova de sua esposa: também estava fechada. Uma espécie de pavor começou de apoderar-se de Soares; como que todos os cantos daquela casa onde habitava havia tanto tempo lhe eram desconhecidos. Repetiu o que fizera no quarto de Alberto: a alcova estava deserta, o leito perfeitamente arranjado. Ouvia-se o tagarelar da criadagem na cozinha.

O Comendador não quis interrompê-los e deixou-se guiar pela galga, que lhe tomara a dianteira até a escada que descia para o quintal. Foi então que percebeu tudo. Edmundo acabava de depositar na fronte de Judite o seu primeiro beijo daquela noite.

Compreende-se agora de onde partira a bala que, errando o alvo, fora ecoar do outro lado da rua.

Ali estava o Comendador com o seu semblante ameaçador: acabara de surpreender os dois amantes na sua entrevista amorosa. Alguém, um ser invisível, lhe havia avisado; uma voz que partira de dentro do seu próprio cérebro lhe dissera:

— Corre e chegarás a tempo.

Embalde, porém; lá estava na face de sua esposa o beijo hediondo, a mancha inapagável. Colérico, trêmulo de raiva, Soares desceu ao quintal e tomando o punhal que seu traidor havia esquecido, esteve prestes a cometer um crime; mas, refletindo depois na ação infame que tentara realizar num instante de alucinação, disse consigo: — Não; seriam dois crimes... — Sacudiu para um lado a arma, como se o ferro lhe queimasse a mão e ajoelhando-se ante Judite, desfalecida, murmurou, julgando-a morta:

— Judite!... Minha Judite!...

Nesse instante, no mesmo lugar onde ele estivera havia pouco, surgia o vulto de Alberto. Avisado pelos criados que haviam acudido ao som do tiro, Alberto não se fizera esperar.

— Corra, senhor Alberto — dizia a Damiana, com as mãos na cabeça —, corra que sinhazinha está morta!

O mancebo levantou-se como um desvairado e esfregando os olhos, procurando compreender tudo aquilo, dizia:

— Vocês estão doidos! Judite! Minha irmã!...

— Ande depressa, meu senhor, acuda a sua irmã.

— Estarei sonhando? — repetiu Alberto. — O que significa isto, meu Deus?

Damiana soluçava dolorosamente:

— Tão santa que era ela!

Afinal, compreendendo todo aquele choro, o alvoroço da criadagem, o moço ergueu-se em mangas de camisa, a cabeça entre as mãos, e precipitou-se em direção ao quarto de Judite.

A porta estava fechada, empurrou-a, abriu-a e não vendo ninguém, aproximou-se à

Janela, gritando:

— Judite! Onde está ela, a minha irmã?

A lua fazia alvejar sobre a relva o vestido de Judite.

Cada vez mais agitado, o rapaz correu ao patamar superior da escada que descia para o jardim, chegando a tempo de perceber a voz do Comendador, que murmurava ao ouvido da moça:

— Judite, eu te perdoo!

— Larguem-na! — bradou Alberto, cego de desespero. — Canalhas! Ela é minha irmã!

Depois, reconhecendo Soares, parou atônito, perplexo.

— Ah! — disse depois de uma pausa. — Eu bem desconfiei! Sei tudo...

— Vês, Alberto — disse o outro, apontando a moça. — Assassinaram tua irmã... os teus amigos!

— Não, não pode ser. Foi um delírio — e ajoelhou-se, beijando a fronte de Judite.

A Damiana conhecia todos os cantos da casa; era a escrava mais fiel. Alberto tomou de um frasquinho que ela lhe trouxera e imediatamente deu-o a cheirar a Judite. Santo líquido!

Ao contato do vidro, a moça abriu os olhos amortecidos e pode balbuciar quase imperceptivelmente:

— Edmundo... deixem-me... — Depois, tentando levantar-se, olhou para os lados, continuando a custo: — O que fiz eu para me maltratarem tanto?

A sua voz era doce como os primeiros vagidos de um recém-nascido.

O Comendador conservava-se mudo e parecia sufocar o pranto.

Conduzida para o seu leito, dentro em pouco cessou o delírio e Judite adormeceu tranquilamente.

CAPÍTULO 14

Damiana velou toda a noite o leito da sinhazinha, ao lado de Alberto. Soares retirara-se para um canto e parecia resolver um problema que lhe agitava o cérebro. Levara assim a noite inteira, silencioso, circunspecto.

"Que fazer?", pensava ele. "Continuar a viver com uma mulher adúltera? Lançar um véu sobre tudo o que acabou de acontecer e deixar correr a vida sossegada do lar?" Tudo isto lhe ocupava o pensamento; o coração batia-lhe apressado. Não se achava com bastante coragem para punir severamente, sem piedade, a esposa, uma criança vítima talvez dessa dualidade fatal, o amor, que não tivera forças para dominar, e os instintos perversos de um homem sem dignidade. Tudo pendia para o perdão; mas, o turbilhão de ideias que lhe invadia a imaginação impedia-lhe de tomar uma deliberação definitiva.

No meio, porém, de suas meditações aparecia-lhe de vez em quando um pensamento que o fazia empalidecer.

E a voz do mundo? O que seria dele diante da sociedade que decerto havia saber tudo? Era esta toda a sua preocupação.

Vinha amanhecendo. Os rouxinóis modulavam no quintal as suas endeixas matinais e os insetos, ocultos nas folhas, despertavam num zumbir ensurdecedor.

O Pico do Corcovado, soberbo e majestoso, surgia entre as montanhas como um dedo apontando o azul. Acordava a natureza. Soares sentia nesse momento um alívio imenso.

Vendo aproximar-se a aurora, calmo, como se nada houvesse acontecido, desceu ao jardim. Lá estavam ainda o sobretudo preto e o chapéu de feltro de Edmundo. Contemplou por um momento aqueles restos de um crime e depois de haver respirado bastante o ar puro da manhã, subiu. Davam seis horas. Judite dormia profundamente e Alberto perdia-se em uma série infinita de reflexões. Despertou à voz do Comendador, ergueu-se e ambos dirigiram-se para a sala da frente. Sentados os dois um em frente ao outro, Alberto predispôs-se a ouvir o Comendador.

— Alberto — disse Soares, como se falasse a um filho —; tu sabes o que acaba de acontecer e não deves ignorar quão penosa é a minha situação. Os culpados somos nós, meu filho, tu principalmente. Eu, porque confiando no amor fraternal, não tive receio de deixar Judite só entregue aos teus desvelos. Tu, porque não viste que trazias na pessoa do teu amigo a desonra ao seio desta casa. Pois bem, Alberto, a sociedade, esse espião terrível, exige que eu deixe-a, sim, que eu abandone Judite. Eu sei que vocês não têm meio de vida; entretanto, sosseguem, eu lhes auxiliarei. O que é preciso é que ela, *a mulher adúltera*, viva longe de mim, para que os meus amigos, aqueles que me têm em conta de homem sério e honrado saibam que eu puni... a inocente! Estou velho e acabado, preciso de uma vida mais sossegada. Este fato foi mais uma lição para nós.

Os olhos do moço fixaram-se num ponto do chão, tristes e resignados; por vezes uma lágrima desgarrada foi cair aos pés do Comendador.

— Eu compreendo tudo — disse Alberto —, e sei que sou o único culpado; eu é que devia ser punido. Ah! Mas a maior punição vem de Deus e agora que eu começo a conceber a existência desse ideal sublime, sinto profundamente sua mão, a mesma que puniu Caim e que expulsou Adão, pesar sobre a minha cabeça. Sofrerei com resignação, desde que assim é preciso. Ouça-me, porém. Ao expirar, minha santa mãe recomendou-me a um amigo bom e leal companheiro de meu querido pai. Esse amigo ainda existe, é um padre. Eu, porém, inexperiente, indiferente às nobres aspirações, só buscava o gozo, esquecendo até as mais santas amizades, para entregar-me somente aos amigos falsos e sem sentimentos. Quanto eu me arrependo hoje do que fiz ontem!...

Alberto soluçava.

— Não chore, seja forte — disse o Comendador.

— Esse amigo, como já disse, ainda existe. Irei procurá-lo e dir-lhe-ei tudo. Sim, pedir-lhe-ei abrigo para duas almas que sofrem e que querem purificar-se na solidão, perto de Deus. Confessar-lhe-ei os nossos pecados e... talvez ainda sejamos felizes.

— Vá, esconda-se dos olhos deste mundo que nada vale. Sob a proteção do seu amigo, que decerto os receberá de braços abertos, seja feliz, ao lado de sua irmã. Vou mandar buscar um carro, espere.

O Comendador saiu e como dissera, mandou alugar um carro de praça, que em pouco esperava à porta da casa.

— Vá — continuou Soares. — Aí está o carro. Procure o seu amigo e diga-lhe tudo.

Alberto apertou reconhecidamente a mão do Comendador e, tomando o carro, disse ao cocheiro:

— Rua da Pedreira de Candelária... depressa!

O cocheiro fez estalar no ar o chicote e o carro partiu a trote largo.

CAPÍTULO 15

A casa do padre Nogueira, situada à rua da Pedreira da Candelária, não precisa de grande descrição; era uma dessas habitações simples e modestas, à semelhança de chalé. Destituída de todo o luxo artístico, entretanto, atraía as vistas dos transeuntes pela sua originalidade. Ele mesmo, o padre, mandara construí-la a seu gosto, sem se importar com as regras da moda. Veremos depois o caráter extraordinário e original dessa alma boa e respeitável. Como quase toda casa de padre, a de Nogueira era cercada de um jardinzinho cuidadosamente cultivado, recendendo de aromas deliciosos. Os únicos companheiros do sacerdote nesse ninho eram: a tia Gabriela, uma velhinha de oitenta janeiros, pequena e enrugada, que fora noutros tempos criada do pai de Nogueira, e uma crioulinha de doze anos, viva como uma barata e beata como a tia Gabriela. Jamais em parte alguma reinou tanta ordem, tanta amizade como naquele recanto ignorado do Rio de Janeiro. Em poucas palavras, resume-se a vida desses três cristãos.

Erguendo-se muito antes do sol, à primeira pancada do despertador, Nogueira fazia a costumada oração e descia ao jardim. Respirava o ar embalsamado da madrugada, colhia algumas flores com que enfeitar o oratório e saía a dizer missa na igreja da Glória. Às vezes levava a Aninha, mas isto era raro. A menina ficava em casa com a tia Gabriela, preparando o almoço e ajudando-a noutros afazeres, como fosse regar as plantas, espanar ou arrumar o quarto do senhor padre, *et coetera.* O quarto do sacerdote era um ninho em gentileza. Não havia um canto onde não estivesse um relicário, uma imagem de santo. Entre as duas janelas que abriam para o jardim ficava a estante, repleta de obras religiosas e livros católicos. Aí estavam, ricamente encadernados, a famosa e imprescindível *Bíblia Sagrada*, *A Vida de Jesus* de E. Renan, o *Mártir do Gólgota*, de Escrich, entre outras obras importantes como as de Homero e Virgílio. À cabeceira do leito, alvo e sempre em boa ordem, havia uma pequena mesa de vinhático em cima da qual estava o despertador.

Pelas paredes, imagens do Cristo e da Virgem misturavam-se com os retratos de Leão X e outros papas e bispos, e por cima da estante, o mostrador, uma máquina de primeira ordem, bem que antiga. Eis o quarto do padre Nogueira, não falando no modesto lavatório e mais utensílios indispensáveis ao quarto de um homem de bem. Além disto havia, pendurada à janela, uma gaiola contendo um canário.

O padre Nogueira era um desses homens de alma nobre e coração generoso, cujo aspecto físico cativa logo à primeira vista. O começo de sua vida fora tristíssimo. Pobre, entretanto à força de muito trabalho, conseguira alcançar aquela posição na sociedade. Agora, na sua casinha da rua da Pedreira, todos o adoravam como a um ídolo, porque todos reconheciam em si um homem de admiráveis virtudes e de caráter inabalável. Aqueles cabelos desdenhosamente soltos a Bossuet, deixando aparecer no meio da cabeça a coroa; aquela fronte vasta e inteligente, infundiam não sei que santo respeito à boa vizinhança. Ao atravessar a rua, vagaroso e cabisbaixo, os devotos descobriam-se como se estivessem na igreja, e as crianças corriam a beijar-lhe a mão que ele estendia sorrindo-se. Depois da morte de seus pais, a única pessoa que soubera encaminhá-lo com os seus conselhos fora a virtuosa mãe de Alberto.

Na hora da sua morte, esta dissera-lhe entre soluços:

— Cuide nos meus filhinhos.

De então em diante, o maior dos desejos do padre era ver as duas crianças, Alberto e Judite, educados sob a sua humilde, mas valiosa proteção. Alberto, porém, como ele próprio confessara ao Comendador Soares, desdenhara todas as vontades do amigo de sua mãe, zombando das vestes sacerdotais que o cobriam.

— Eu só lamento ela, a pobrezinha — dissera o padre consigo. — Onde irá parar, arrastada pelas ambições mesquinhas do irmão?... Deus a protegerá.

Era, pois, em direção à casa do padre Nogueira que corria a carruagem que conduzia o mancebo.

"Oh! Quanto eu fui ingrato para com ele", pensava Alberto no caminho. "Hoje poderia estar vivendo felizmente; nada teria acontecido..."

Parou afinal o carro. O padre conversava muito distraído com as suas boas amigas — as flores. Vendo parar o carro à sua porta, teve uma ideia: vinham chamar-lhe para alguma confissão, para socorrer algum desgraçado nas ânsias da morte. Esta ideia, porém, desvaneceu-se ao ver saltar Alberto, todo vestido de preto, trazendo no rosto uma expressão indescritível de tristeza. O padre franziu os sobrolhos, como reconhecendo nas feições abatidas do moço o filho daquela que ele tanto adorara. Mas, havia tanto tempo...

A última vez que o vira, ele tinha vinte anos, havia, portanto, seis anos.

Aproximando-se ao portão de ferro do jardim, apressou-se em receber a sua visita.

Alberto estava tão emocionado que não podia articular uma só palavra. Tirou do bolso um cartão como seu nome e apresentou-o ao sacerdote.

Não se pode imaginar o efeito que a leitura daquele nome produziu no espírito habitualmente tranquilo do bom padre. Alberto havia encostado a cabeça a um dos portais de pedra e chorava profundamente.

"Ele!", pensava o Nogueira, "aquele que desprezou a minha amizade como imprestável, como indigna!..."

Entretanto, nenhum dos dois falava. E contudo, os prolongados soluços de Alberto eram talvez mais eloquentes do que tudo o que ele pudesse dizer naquela ocasião; eram como brados de piedade.

— Siga-me, senhor Alberto — disse enfim o reverendo, tomando o caminho de casa.

Aninha, que estava à janela, viu entrar o moço debulhado em pranto e correu a contar à tia Gabriela.

— Mete pena — dizia a rapariga, comovida —, chora como um menino de dois anos! Parece que morreu-lhe alguém de casa; está de luto.

A velha fez um gesto religioso, ergueu os olhos ao teto e repetiu, benzendo-se:

— A terra lhe seja leve, minha Nossa Senhora...

Assim que se viu só, ao lado de Alberto, disse o padre:

— Deseja alguma coisa da minha pobre pessoa? Fale, responda sem receio.

O interrogado, porém, não se animava a falar, tinha a língua presa.

— Vamos — tornou o sacerdote. — Morreu-lhe alguém?

Alberto estremeceu a estas palavras.

— Lembra-se decerto — disse ele a custo —, de quanto em fui ingrato para consigo. Toda a minha ambição era o ouro, a riqueza. Perdoe-me, eu era então muito moço ainda e não conhecia o mundo; compadeça-se deste infeliz, destas lágrimas que são as primeiras da minha vida...

— E sua irmã, Judite? — interrompeu o padre. — O que é feito? Fale...

— Ah! Não me obrigue a contar tudo....

— Vamos. Não tema, que o medo é próprio dos criminosos.

— Como o senhor deve saber, casei-a com um comendador, um homem rico e idoso... Ela não amava-o, pelo contrário, tinha-lhe repugnâncias. Quantas vezes não a vi triste e abatida para um canto, pensando talvez na sua mocidade tão violentamente entregue às vontades de um homem que poderia ser seu pai!... Eu compreendia tudo, mas fazia-me de cego e acariciava-a... — Alberto parou para enxugar uma lágrima que acabava de estalar-lhe na face e continuou: — Um dia, na ausência do Comendador, eu levei em casa um amigo... um ente abominável, o sedutor de minha querida irmã...

— Basta — interrompeu de novo o padre, sereno como sempre. — Quer talvez um abrigo para sua irmã, não?

— Sim, senhor padre. O Comendador receia a voz do mundo e quer salvar a sua reputação.

O padre Nogueira não esperou mais. Tomou o moço pelo braço e, encaminhando-se até o jardim, disse-lhe:

— Corra, traga Judite imediatamente.

E o carro partiu a galope.

CAPÍTULO 16

Permita-nos o leitor duas palavras sobre o filho do barão de...

O que é feito de Edmundo?

Aonde se refugiara depois da noite tenebrosa do crime da rua de...? Vimo-lo fugir em disparada no carro. Pois bem. Às oito horas, esse mesmo veículo parava à porta do *Hotel des Étrangers*. Era aí que o moço tinha o seu quarto, era aí que ele habitava desde a morte do barão.

Edmundo entrara agitado e algum tanto desfigurado.

Os criados, acostumados a vê-lo entrar naquele estado, nada perceberam.

Justamente na ocasião em que o carro que conduzia Alberto parou à porta do hotel, um norte-americano, velho amigo do barão de... apeava-se de um tílburi. William, moço de fina educação, negociante na Corte, partia para os Estados Unidos e vinha oferecer os seus préstimos ao seu amigo. Vendo-o então, William fê-lo parar, tocando-lhe mansamente o ombro.

— Onde vai com tanta pressa? — disse o americano, amigavelmente.

O outro voltou-se, não sem algum constrangimento, e deparando com o semblante risonho de William, suspirou.

— Viva! — disse Edmundo, fingindo serenidade. — Alguma novidade? Não nos vemos há tanto tempo...

— Parto amanhã para a santa terra — tornou William. — A barca americana *Brooklin*, de minha propriedade, suspende amanhã e não há tempo a perder. Se desejas alguma coisa...

— Estás gracejando — interrompeu Alberto, aturdido com aquela notícia inesperada.

— Por que duvidas? Vou a negócio. Preciso de liquidar certas contas com o meu correspondente em New York, onde ter-me-ás à tua disposição, Broadway nº...

— Boa ocasião para um passeio — disse Edmundo, que já pensava em afastar-se do Rio de Janeiro. — Subamos. Talvez resolva-me a acompanhar-te. É pena que não me declarasses há mais tempo esta tua resolução. Magnífica viagem há de ser!

Indubitavelmente, o acaso favorecia-o, pensava Edmundo. É preciso não perder a ocasião. O Comendador, a polícia, o tribunal... nada!

William contava quando muito seus trinta anos. Possuindo uma fortuna regular, a sua vida corria felizmente, graças ao seu gênio incansável e alegre.

Detenhamo-nos à porta do quarto de Edmundo, um compartimento bem arejado, fresco, mas onde reinava a maior desordem. Trouxas de roupa suja por debaixo da cama, entregues aos ratos e às baratas, calças de todas as cores e feitios, paletós e sobrecasacas misturavam-se pelos cabides e nada faltava ali para que um rapaz da têmpera do filho do barão de... saísse elegantemente vestido e penteado à última moda. O leito estava desarranjado, como se alguém acabasse de se espojar sobre ele, e à cabeceira, romance de Zola — *Nana*, com as folhas machucadas que o vento açoitava.

Ninguém trajava melhor, e ninguém era mais desleixado que Edmundo. Ninguém possuía uma alma tão corrompida, ninguém sabia imitar melhor sentimentos nobres. Admiráveis contrastes da natureza!

Chegados ao quarto, William e Edmundo, este tomou assento ao lado daquele e a conversa começou.

— Então, partes infalivelmente?

— Já te disse. E se queres ter o prazer de visitar o meu formoso país, não tens mais que arrumar hoje mesmo o necessário para uma viagem longa e... O navio é limpo e nada há recear de sua construção.

Edmundo levou o indicador ao lábio como refletindo e tornou depois de uma curta pausa:

— De acordo. A que horas parte a barca?

— Ao amanhecer içaremos o ferro e a proaremos à barra. Está em tempo.

— Bem. Hoje mesmo pagarei o hotel e estarei pronto.

Neste instante soaram nove horas.

— Muito bem, como já é tarde e eu tenho visitas a fazer, adeus. Amanhã te esperarei no cais do Pharoux.

— Não há dúvida, adeus, William.

Jamais se decidiu tão depressa uma viagem. É que Edmundo tinha medo e remorso e procurava fugir a si mesmo. A imagem branca de Judite desmaiada, a figura hedionda de Soares no alto da escada, tudo se havia estereotipado na sua imaginação e enquanto o carro rodava para o hotel, ele planejava uma fuga.

A intenção do mancebo era deixar a Corte imediatamente e a projetada viagem de William fora um achado preciosíssimo.

— Tudo irá às mil maravilhas — monologou Edmundo, assim que se viu só no seu quarto. — Que leve o diabo a Corte. Em toda parte há mulheres. As daqui são falsas.

E um relâmpago de satisfação iluminou-lhe o semblante.

Passou parte da noite a se preparar para a viagem.

Às duas da madrugada adormeceu, para despertar às seis. Em menos de meia hora lavou-se, vestiu-se, escovou-se, penteou-se e lançando um último olhar, um último adeus ao hotel, ao bom quartinho, tomou o tílburi que o esperava. A bagagem devia ser enviada depois, contanto que estivesse no cais antes das oito horas. Durante o trajeto do hotel ao lugar de embarque, mil aparições preocuparam o espírito de Edmundo. Lembrava-se das magníficas horas passadas no jardim do Sant'Ana, ao doce contato das cútis cetinosas, das mulheres de vida fácil, das suas felizes conquistas no Cassino, que também frequentara, nos aprazíveis passeios de Botafogo e Jardim Botânico em noites de luar e finalmente lembrava-se de Judite na noite do beijo ardente que depositara nos seus lábios de coral.

Uma espécie de nostalgia inundava-lhe o coração de melancolia e a cada instante deixava escapar do peito um suspiro. Soavam sete horas no relógio da Candelária. Alberto apeou-se no cais.

Já o esperava William ao lado de sua bagagem: duas enormes malas de couro, uma caixa de chapéu alto e duas gaiolas com sabiás. Só faltava a bagagem de Edmundo, que dentro de cinco minutos apontou na primeira esquina.

Os baús foram recolhidos a bordo do escaler do *Brooklin*, os dois viajantes tomaram assento a ré e a pequena embarcação, impelida pelos remos, resvalou sobre as águas silenciosamente.

Eram dez horas. Soprava brisa favorável e o tempo estava magnífico. Os marinheiros do *Brooklin* cantavam à proa, içando a âncora. William e Edmundo, encostados à popa, conversavam distraídos e admiravam de longe a cidade, o Pão de Açúcar e os Órgãos, que não tardariam a desaparecer de seus olhos.

— Eu imagino — dizia Edmundo — o que hão de supor de mim os meus amigos. Que importa! Não será por minha ausência que hão de morrer.

— E não levas alguma saudade... algum amor? — disse maliciosamente o americano.

— Qual! Ainda crês? William, o meu coração é como um edifício público, onde todos têm entrada. Se eu fora a ter saudade...

William arregaçou o lábio às palavras de Edmundo e continuou a sua contemplação interrompida, enquanto aquele assestava o binóculo para os lados da Glória.

Entretanto, o *Brooklin* ia cedendo ao vento.

— Estamos a caminho? — perguntou Edmundo, observando que as casas iam desaparecendo umas atrás às outras.

— É verdade — disse William, debruçando-se sobre a amurada —; e o navio é bom.

— Tanto melhor, chegaremos mais cedo. E em quantos dias faremos a travessia?

— É a primeira vez que viajo a vela; não te posso afirmar ao certo, mas, creio que nunca antes de um mês. Estes navios encontram geralmente ventos contrários que os impelem às célebres correntes do *Gulf-Stream*, donde custam a libertar-se.

— Diabo!

— Vais ver, porém, o que é belo e grandioso depois dessa longa ausência de terra. Hás de soltar um grito mais cheio de entusiasmo do que o grumete da Pinta ao descobrir a América.

O capitão, um verdadeiro lobo do mar, vermelho como um pimentão e gordo como uma baleia, passeava no passadiço, atento às manobras, enquanto *Buy*, um bonito Terra-Nova de cabelos negros, media-o com o olhar brilhante de sobre a tolda.

Ainda não eram onze horas quando a barca, a todo pano, montava a ilha Rasa e depois... perdia-se de vista.

CAPÍTULO 17

Voltemos a rua de... onde muito primeiro que nós, se acha Alberto, pronto a conduzir Judite à casa do padre Nogueira. Damiana continuava à beira do leito da moça, preservando-lhe o rosto cândido e sereno das impurezas do ar. Um raio morno do sol, como uma criança que desperta, fendendo a vidraça, penetrava na alcova.

— Damiana — disse a jovem, despertando.

— Sinhazinha deseja alguma coisa?

Judite correu a vista pelo quarto como se temesse que alguém que não fosse a rapariga ouvisse-lhe e continuou com voz débil:

— Veio alguém hoje aqui?

— Não, senhora. Por que, sinhazinha?

— Nada... É que eu tive um sonho triste e tão bonito...

— E não se pode saber...

Judite sorriu-se.

— Curiosa?...

— Eu gosto tanto de sinhazinha...

— Bem o sei, Damiana, para que me digas e nada me é tão doloroso como essa tua escravidão injusta.

— Ora....

— É que tu, Damiana, não sabes o que é ser escrava.

Damiana beijou, reconhecida, a mão de sua boa amiga.

— E o sonho?...

— Vou contar-te, mas que ninguém mais saiba.

— Eu sou uma caixinha de segredos.

— Escuta.

Judite sentara-se à beira do leito e com as mãos entre as de Damiana, por duas vezes hesitou.

— Vamos, sinhazinha, ninguém nos ouve...

— Fechaste bem a porta?

— Com a chave.

— Bem. Eu sonhei, Damiana, que minha santa mãe havia descido do céu, toda envolta em nuvens brancas... Como estava bonita! Um véu fino e transparente de gaze descia-lhe da cabeça e vinha até o chão. Uma infinidade de anjinhos rodeavam-lhe, formando um arco lindíssimo, mais belo que o arco-íris e entoavam um hino. Tudo aquilo me deslumbrava, Damiana, eu nunca vira minha mãe tão bela. Ela trazia nos braços um outro anjinho louro e rosado, como um raio de aurora; parecia o menino Deus nos braços de Maria.

— Que belo! — exclamou Damiana, ouvindo a descrição da moça.

— Depois — continuou Judite —, minha mãe se aproximou do meu leito, deitou o menino ao meu lado e disse: "Minha filha, eis aqui o que te enviou Deus do céu. Trata-o como filho teu e ensina-lhe a amar o Todo Poderoso!" Disse e sumiu-se ao som do hino dos anjos. Não sei o que isso quer dizer, Damiana, mas a criança que Deus me mandou era tão parecida com...

— Com quem, sinhazinha? Diga.

— Não, não vale a pena. Basta que saibas que era gentil e galante como todas as crianças.

Neste momento bateram à porta do quarto. Judite esperou. Damiana foi abrir a porta para dar passagem a Alberto.

— Pode-se entrar? — perguntou o moço.

— Entre, mano. O quarto de uma irmã está sempre aberto a um irmão.

Alberto entrou. Todo o esforço que o mancebo fazia por ocultar o que lhe ia na alma era inútil. Judite, como toda moça bonita, tinha o espírito perspicaz e o olhar penetrante; adivinhou o que se estava passando no interior de seu irmão.

— O que tem, que está com o semblante tão desfeito, Alberto? — perguntou a moça.

— É que talvez dormi muito esta noite, querida.

— Eu sei; acabou de chorar, lembrando-se de ontem... Não se preocupe, esqueça tudo... o Comendador me perdoará...

A presença de Alberto naquele instante ali não devia fazer bem a Judite. Quando ela terminou a frase, uma chuva de pérolas banhou-lhe o semblante.

— Oh! Não falemos mais nisto, Judite. Não chores... Queres que eu me vá?

— Não, não; é que eu sou tão infeliz...

— Olha, sabe qual o objeto da minha visita?

— A nossa amizade, nada mais.

— Sim, é a nossa eterna amizade que me prende a ti. Ouve, mas sem chorar...

— Eu, chorar?

—Pois bem, vou dizer-te tudo. O Comendador chamou-me em particular e pediu-me que nos afastássemos bem para longe de sua casa. Lembra-te do padre Nogueira?

— Como de nossa santa mãe.

— Fui hoje mesmo à sua casa pedir a sua proteção.

— E então?

— Tão bom que ele é! Recebeu-me como ao seu maior amigo e depois de animar-me com suas palavras ungidas de brandura e nobreza, abriu-nos as portas do seu coração e de sua casa. Se souberas, Judite, o quanto eu me arrependo de ter feito tão pouco daquela alma nobre... Tudo quanto sofro hoje é a justa punição do meu passado. Vamos, prepara-te e deixemos de uma vez para sempre esta casa.

Damiana chorava ao pensar em que cedo viria a hora em que com tanto sacrifício separar-se-ia de sua boa protetora. A cada palavra do moço ela sentia despedaçar-se-lhe o coração e de quando em quando levava a mão ao peito como para comprimir a dor insuportável que o esmagava.

— Choras, Damiana? — perguntou Alberto, ouvindo os soluços da rapariga. Ela, porém, nada respondeu.

Judite, tomada de um sobressalto, correu aonde estava Damiana e cingiu-a com o braço, afagando-a ao seio.

— Até tu sofres, minha amiga, até tu!... Tem paciência, confia em Deus. O bom filho a casa torna. Talvez nos encontraremos ainda. Por agora tudo é impossível.

Quão amargas eram aquelas palavras para a desgraçada rapariga!

— Vamos, despeçam-se — disse Alberto. — A nossa demora pode suscitar suspeitas.

Judite cobriu-se com um xale branco de lã, abraçou com ímpeto sua amiga e deu o braço a Alberto.

O Comendador esperava-os na sala. Ao vê-los aparecer, ergueu-se do sofá onde se recostara e, estendendo os braços a Alberto, apertou-o contra o peito. Dir-se-ia um pai no momento da partida de seu filho.

Judite abaixara a cabeça e deixava correrem as lágrimas, uma a uma, pelas suas faces.

Era a última vez que se viam.

Uma cena mais dolorosa esperava Judite ao tomar o carro. Damiana chorava como uma louca à porta da rua. Sentada à calçada, tinha no colo um objeto, uma coisa disforme e repugnante, que se movia.

Era a galga, a sempre leal companheira de Judite.

Ao vê-la, a moça soltou um grito de dor:

— Nina! — e o carro partiu.

CAPÍTULO 18

Para servir de epílogo a esta história talvez incrível, basta-nos citar uma carta de Alberto a um dos seus amigos, carta que obtivemos graças à uma muito feliz coincidência que não vem a propósito explicar.

Felizmente consegui copiá-la textualmente, palavra por palavra.

Antes porém, digamos alguma coisa sobre os outros personagens.

O Comendador foi viver para a sua fazenda em S. Paulo, onde vive felizmente ao lado de seus irmãos.

Acompanhou-o a Damiana, que depois tornou-se a vítima imbele dos caprichos de D. Quitéria. A galga, demos-lhe as honras de uma personagem, a galga, a pobre Nina sucumbiu logo no dia seguinte à partida de Judite.

Ninguém soube mais notícias de Edmundo.

Agora, a carta de Alberto, que é interessante. Ei-la:

"Meu bom amigo.

Como te havia prometido, fui ontem ao Passeio Público.

Digo-te para que saibas de um fato interessantíssimo e que merecia bem um lugarzinho na história do coração humano.

A noite, como deves te lembrar, era das mais formosas e próprias para um passeio; a

banda alemã executava um trecho melancólico do sentimental e divino Bellini.

Havia muita gente e para que eu não me confundisse com a multidão, eu, pobre obscuro, fui abrigar-me à sombra de uma árvore à beira de um daqueles poéticos lagos artificiais. Há momentos, meu amigo, em que a solidão é tão necessária ao homem como o ar que ele respira; eu estava em um desses momentos. Pois bem, J..., foi daí, desse recanto do Passeio que eu vi passar um moço, um dos nossos mais apreciados poetas, conduzindo pela mão uma criança que contaria talvez cinco a seis anos. A impressão que me causou essa criança, esse anjo, que outro nome não tem criatura tão perfeita, foi tão profunda, que ainda hoje debalde tenho sua imagem cintilante. Amo-a como se ama uma moça. Juro-te, depois de minha mãe, depois de Judite, nunca criatura nenhuma abalou-me tanto o coração. Naquela ocasião chorei, sem saber o que sentia. Por mais que dê tratos à imaginação, não consigo explicar tão extraordinário fenômeno. Parece-me que Deus, compadecendo-se de mim, quer me fazer experimentar todas as felicidades.

Judite é a mesma ainda. Melancólica e pensativa, ninguém lhe pôde apagar da mente a ideia de que sofre do coração. Cada vez que fita o olhar no filhinho, esse primeiro fruto de suas entranhas, beija-o mil vezes. Judite jurou batizá-lo com o mesmo nome do pai. O nosso bom protetor em nada se lhe opõe.

Ah! Meu amigo, quanto é bom ter a gente um amigo verdadeiro, um ente que saiba adivinhar os nossos pensamentos e que saiba ler no nosso semblante o que nos vai pela alma! Como é doce a amizade verdadeira! Às vezes eu, o nosso bom amigo, o padre Nogueira e Judite passamos horas inteiras a conversar sobre o passado, e é admirável ouvir-se então o sacerdote!

Aquele coração parece todo transformado em amor. Trata-nos, é escusado dizer-te, como verdadeiros filhos. Alma divina!

Que diferença da minha vida passada para a de hoje!

Nada há como o amor e a virtude.

Adeus, meu amigo, sê feliz e lembra-te sempre daquele que só tem um desejo neste Mundo — morrer tranquilo.

Teu do coração

Alberto

Corte, dezembro,188..."

LÁGRIMAS DE UM CRENTE

Oui, tout grand coeur a droit au
Grands infortunes.[1]
V. HUGO.

1 Tradução livre: Todo grande coração tem o privilégio de grandes infortúnios.

AO LEITOR

O leitor piedoso, que tantas vezes tem honrado os hospitais e casas de misericórdia com a sua amável e consoladora presença, que tem lido na fronte macilenta de tantos infelizes histórias as mais tristes, não se recusará acompanhar-me a um destes estabelecimentos de caridade, certo de que pouco tem a perder com a visita.

É um instante, leitor.

Naquele compartimento que ali vês, à entrada, habita um moribundo. Entremos sem ruído. Vede? Tênue claridade ilumina-lhe o semblante cadavérico. Ouvis? Quase que não se lhe percebe a respiração. Parece ressonar; não acordemo-lo. Aquele corpo quase sem vida oculta uma alma de herói, mas desses heróis obscuros, que passam sem deixar o nome na história.

Queres ler a vida deste mártir, leitor? Vem comigo, aproxima-te devagar, pé ante pé. Este manuscrito que aqui vês à cabeceira do doente contém a sua existência inteira. Sejamos indiscretos uma vez na nossa vida. Leiamos juntos o que dizem estas páginas escritas em caracteres trêmulos, talvez em noites de insônia: *Lágrimas de um crente.*

CAPÍTULO 1

Meu amigo.

Que melhor nome poderia eu achar com que batizar estas pobres linhas tão saídas do meu coração? Verdadeiras lágrimas de um crente — eis o que elas são na realidade. Dediquei-a a ti com o pensamento em Deus.

Quando se tem na vida alguém que nos ame, que nos proteja quando precisamos, que saiba avaliar as pulsações do nosso coração, que seja, enfim, o fiel confidente de todos os nossos segredos, até os mais íntimos, certo se é feliz. Todavia, não é completa a felicidade quando se tem um passado, senão vergonhoso, cheio dessas aberrações que a sociedade e a maior parte dos homens desprezam, repudiam. Eu estou neste caso. De um lado sinto um prazer indizível cada vez que me lembro de ti, que existe um ente que repartiu comigo as delícias de sua existência e me buscava quando eu me ocultava dos outros homens; doutro lado, estremeço ao pensar nos terríveis preconceitos que tanto me fizeram sofrer.

Escrevo-te do leito, desse lugar sagrado, onde o homem nasce, ama e morre. E por que te escrevo? Porque sacrifico este resto da minha vida em pensar e escrever tanto, quando os médicos me aconselham que o maior esforço de imaginação me é prejudicial nas circunstâncias em que me acho?

Eu te digo. Tu, mais que ninguém neste mundo, conheces toda a minha vida; aprendemos a amar no colégio onde nos vimos pela primeira vez, e desde então, soubeste ser sempre o meu melhor amigo, o receptáculo inquebrantável de todos os meus segredos.

Mas, ou por medo ou por vergonha, esquivei-me sempre de te contar certas particularidades da minha vida que eu desejava ninguém soubesse; agora, porém, que, calmo e impassível como um mártir, espero a minha hora derradeira, quero ter o que legar àquele que foi para mim como um segundo pai — a história da vida de um enjeitado, de um filho sem pais.

Lerás neste manuscrito como no próprio livro de minh'alma. Deus, esse meu pai e pai de todo o mundo, há de permitir que eu conclua esta história sombria. Guarda-a como uma relíquia, que são páginas da alma de um desgraçado.

CAPÍTULO 2

Existem, nas cidades populosas, três espécies de habitações: a choupana, a casa ordinária e o palácio; assim, nos cemitérios há três espécies de túmulos: a vala comum, a carneira e o sarcófago, onde repousam o miserável, o pobre e o rico. Tudo é assim, louvado seja Deus! Até na morte há distinção de classes.

Se fores algum dia ao cemitério de S. João Batista, hás de notar entre os numerosos epitáfios espalhados sobre as lousas dos pobres o seguinte cuja singeleza te há de comover:

"Edwiges T...

Rio, 20 de março de 188..."

Sob essa pedra fria e abandonada dorme o ente que eu mais amei e respeitei sobre a terra. Era aí que eu ia todas as tardes orar por aquela que fez por mim o que faria por seu filho uma mãe carinhosa. Não te será difícil encontrar no vasto campo das cruzes esse humilde torrão onde se acha sepultado um pedaço do meu coração. Fica debaixo de um cipreste, algumas braças distante do portão central do cemitério e eu tive a lembrança ou superstição de mandar erigir à sua cabeceira uma estátua representando um anjinho desprendendo o voo, segurando em uma das mãos uma coroa de goivos murchos e noutra suspendendo uma lira.

Não há palavras humanas, não há pensamentos que possam dizer o que foi esse anjo, porque as coisas divinas não têm classificação entre as da terra.

***

A minha infância, o começo da minha triste existência, contou-me ela, a minha boa, a minha santa Edwiges, quase a expirar, e agora, depois de tanto tempo, é que eu compreendo parte do desprezo que me votava o mundo.

Era em uma dessas noites de outubro, às vezes tão tempestuosas no Rio de Janeiro. Havia se desencadeado sobre a cidade um tufão violento, de que restavam pedaços de nuvens desgarrados no ar e um frio de rachar.

Uma chuva fina borrifava as ruas ainda enlameadas; via-se pouca gente na cidade. Só de quando em quando passava um carro todo fechado e desaparecia logo. A rua Sete de Setembro estava meio escura; os lampiões tremiam ao açoite das fortes rajadas do nordeste.

Uma voz débil de criança quebrava a estúpida monotonia dessa rua: à porta de uma casa térrea, sobre a calçada úmida, tremia e gemia um desses inocentes que a sorte abandonou: tinha fome e tinha frio. Era talvez outro Moisés, mais infeliz que o da escritura, que em vez das águas cristalinas do Nilo tinha para leito a lama da rua. Quem era esse inocente que acordava, com os seus gemidos, os pacíficos moradores daquela rua? Era aquele, meu amigo, que mais tarde devia ser o teu mais sincero amigo, era eu. Parece que Deus me havia destinado a sofrer, sofrer mais que os outros homens; até morrer.

E que maior glória que a que provém da dor?

Desgraçado daquele que sem sofrer conseguiu ser feliz!

Eu tinha, então, pouco mais de cinco anos; trazia, portanto, o coração ainda imaculado e não sabia o que era o Mal. Se o soubesse, talvez naquele instante fosse ele a tábua de salvação a que eu me agarraria como o náufrago já sem forças para lutar com as ondas.

Depois de muito tempo, cansado já de soluçar, abriu-se a porta onde eu me encostara e, como um anjo enviado por Deus, apareceu, com uma lâmpada na mão, um vulto branco.

Abriam-se-me de par em par as portas da Providência.

Assim tão inopinadamente interrompido de chorar, volvi-me, enxugando o pranto com a manga esfarrapada da camisa que me cobria e de joelhos adorei aquela aparição deslumbrante que afigurava-se-me a imagem da Caridade.

Era uma mulher, e a primeira palavra que brotou dos meus lábios foi — mamãe.

A mulher tomou-me nos braços, como se o fizesse a um filho e, aproximando-me da luz, beijou-me a fronte dizendo: — De hoje em diante tu serás o meu filho. Vem... vamos dormir.

Bendita hora aquela em que uma mulher me chamava de seu filho!

Edwiges me contou tudo: que havia se levantado do leito em camisa, quase nua; que o meu contato naquela noite como que a purificara e que eu não cessava de perguntar se ela

era a minha mãe.

Disse-me mais, meu amigo, que, jovem ainda, aos dezoito anos, o seu maior desejo fora ter um filho, mas que nunca o conseguira porque a tinham arrastado ao crime.

Oh! Como eu devia dormir bem aquela noite, ao conchego de um corpo macio de mulher, depois de uma hora de abandono!

No dia seguinte, quando despertei, já era tarde; a minha boa mãe já estava de pé. Eu olhava para as paredes da alcova, para o teto, desconfiado, com medo.

Não preciso dizer-te mais dos dias que se seguiram.

Comecei a tratar Edwiges por — *mãezinha.*

As primeiras noites dormimos juntos, no mesmo leito; depois, crescendo em anos, separamo-nos. Então começara eu a frequentar a escola. Entretanto, os nossos quartos eram

vizinhos. Nada me faltava ali.

Edwiges não consentia que eu me deitasse sem fazer oração; mais de uma vez me fez levantar para cumprir esse seu desejo.

— Não quero — dizia-me então, batendo o pezinho, com ar de agastada. — Há de rezar... Nesta casa não há ateus.

Ao me vestir para a escola, ela mesma me penteava, me escovava, prodigalizando-me todos os cuidados de uma verdadeira mãe. Quando eu voltava da lição, encontrava-a à janela, esperando-me.

Santas recordações da infância, como avivais em nosso coração delícias que se apagaram com o tempo!

Como sois doces, minhas amigas! Vinde, vinde que eu vos amo!

CAPÍTULO 3

Edwiges era pálida como as virgens mártires maceradas pelo cilícios. Seus cabelos lembravam os de Margarida, a arrependida. A expressão do seu olhar tinha a doçura misteriosa do olhar de Madalena. Mas, toda a sua beleza natural ocultava-se sob os artifícios com que ela se enfeitava para parecer mais

bela. Do aroma mais precioso ao mais rico vestido, tudo ela possuía.

Há três coisas, meu prezado amigo, que eu respeito como sagrados: a criança, a mulher e o ancião.

E se me perguntassem: se adoras a mulher, não deves excluir a perdida?

Eu responderia: — Sim, não excluo. Respeito-a e adoro mais que a qualquer outra, porque nenhuma é mais digna de compaixão.

A mulher é fraca de natureza, só a miséria e o abandono levam-na à perdição. Se o homem protegesse, como deve, a mulher, não haveria tanta prostituição na sociedade.

A minha passagem pela escola foi rápida como um sonho. Aos quinze anos já eu tinha a maior parte dos preparatórios para a academia, graças à muita força de vontade e a muito estudo. Todavia, fui sempre o mais obscuro dos meus colegas, sobressaindo entre eles só pelo comportamento. De caráter sério e sombrio, poucas vezes se me via nos grupos; buscava o afastamento, a solidão, porque sobretudo tinha uma alma dada à meditação. Havia dentro em mim alguma coisa de estranho aos outros. Durante esse tempo nunca tive um amigo. Todos fugiam de mim, como de um fantasma noturno. Nenhum, porém, ousava ofender-me; respeitavam-me. Eu nunca fui orgulhoso, mas, não podia acostumar-me à sociedade. Na idade em que os outros brincavam, eu pensava. Era uma espécie de Rousseau em miniatura. Habituara-me de tal modo aos cantos, que rara vez se me via com alguém que não fosse Edwiges.

Chamavam-me de frio, mole e indolente.

— Nem parece gente — ouvi dizer uma vez.

É que eu vivia mais do espírito que da matéria.

Contemplava — é o termo.

Só ria-me a uma pessoa — Edwiges.

Cedo aprendera a olhar as coisas como elas são.

É por isso que aos doze anos já eu guardava dúvidas sobre a reputação de Edwiges e sobre a minha procedência.

Mas, o que me importava o mais se aquele nome — *meu filho,* tantas vezes repetido por ela, soava-me tão bem no coração? Lembrava-me de que um dia podia saber tudo e essa ideia me consolava. Entretanto, outro pensamento mais grandioso germinava em meu cérebro: — trabalhar, trabalhar muito para poder auxiliar a Edwiges. Ninguém era mais econômico do que eu. Um vintém que ela me desse, um níquel para bonde, tudo eu guardava cuidadosamente, fazendo mil sacrifícios. Uma vez, ao voltar da escola, Edwiges estava à janela como do costume. O bonde passava pela porta e como ela não me visse saltar e sim apontar, a pé, no extremo da rua, cansado, as faces em fogo, quase chorou.

— Isso não se faz, filho — dizia ela, enxugando o suor que escorria do meu rosto. Vir a pé de tão longe! Outra que me fizer, fico zangada...

Depois correu-me o bolso do casaco e achando intacto, como ela me dera, o níquel, tornou:

— Meu Deus! E eu que supunha-o perdido! Meu filho é muito mau para a sua mãezinha... — e beijou-me as faces. E aqueles beijos eram como sopros divinos que animavam-me, que me comoviam.

— Foi descuido — dizia eu, gracejando —; desejo de passear...

Assim passavam os primeiros dias da minha juventude, tão curtos e tão bons!...

CAPÍTULO 4

Edwiges possuía uma compleição débil, franzina como a de uma ave. A mais leve comoção fazia-a chorar.

Muitas vezes a surpreendi a soluçar, com a cabeça mergulhada no travesseiro.

Aquelas lágrimas eram um problema para mim, que as não compreendia.

— São saudades — dizia-me ela.

— Saudades?

— Sim, saudades de um bem que não volta mais... — E afagava-me a cabeça no seu seio, resignadamente, religiosamente.

Boa mãe que ela seria se algum dia tivesse um filho! São assim os dias da infância: correm e quando a gente se descuida... vão longe.

Chegou o momento de te escrever a página mais triste de minha vida, meu amigo. As lembranças tristes do passado começam a aniquilar-me; o coração bate-me apressadamente.

Como que já sinto o frio medonho da terra sobre o meu corpo. Todavia, é preciso não esmorecer.

Eu havia chegado aos meus dezesseis anos, à idade dos sonhos, bom tempo em que se vive de utopias. Cada vez me apegava mais à solidão, cada vez aborrecia mais os homens.

Quem não ama aos dezesseis anos, Luiz, quem?

Quem nessa quadra da vida não se viu dominado por um olharzinho de menina, almo e bom?

E contudo, eu sempre fora indiferente às mulheres.

Além de Edwiges, não conhecia outra.

Nessa época comecei a notar certas transformações no semblante de minha protetora.

A rosa de suas faces ia perdendo a sua cor fresca e uma tossezinha seca perseguia-a a todo o instante. Agora levantava-se mais tarde, sol fora, e tinha momentos de delírio.

— Quando eu penso — dizia-me ela —, que de um momento para outro, posso deixar-te sozinho no mundo... Mas, meu filho, nunca se há de esquecer de sua mãe, não é assim? Irá todos os dias ao cemitério...

— Não fale assim — interrompia eu —; é tão moça ainda.

— Moça... A morte não escolhe: vão velhos e crianças.

E eu calava-me para não comovê-la mais.

Um dia, quando eu voltava da lição, vi sair de casa um homem.

— Quem é? — perguntei.

— Um amigo de meu pai — disse-me, abaixando os olhos naturalmente.

Instintivamente, fui ao seu quarto. O leito estava em desordem e eu vi sobre a mesa uma nota, se bem me lembra, de 20$000.

— O que quer aqui? — tornou-me Edwiges, fingindo um sorriso. — É proibido aos homens ir ao quarto das senhoras... Esse dinheiro é para as compras...

Uma desconfiança vaga invadiu-me a mente; mas, tudo desapareceu entre beijos.

Chegou afinal o dia fatal em que eu devia chorar pela segunda vez em minha vida.

Havia uma semana que Edwiges caía no leito. A febre devorava-a lentamente, a tosse enfraquecia-lhe o peito a mais e mais.

Durante todos esses dias, poucas vezes pude cerrar as pálpebras por um instante. Não sei qual de nós sofreria mais, se Edwiges no leito, chumbada pela fatal doença, se eu com toda a minha saúde. Não sei se já experimentaste esta dor que nos é transmitida de outro corpo animado por uma alma que nós amamos.

Embalde esforçava-se a ciência; a moléstia, no seu último período, avançava cada vez mais e sempre que o médico auscultava a doente, meneava instintivamente a cabeça, entreabrindo levemente os lábios num sorriso desanimador. Então, eu sentia um peso horrível no coração; olhava para os olhos do homem como um desvairado, tinha ímpetos de gritar-lhe em face: — Mentes! — De agarrar os meus cabelos e sair rua fora, a bradar como um doido: — Valha-me Deus! — De abraçar o corpo debilitado de Edwiges e dizer-lhe: — Não morres, não; sim? É mentira do doutor... Ninguém, nem Deus te pode arrancar dos meus braços. — Cada suspiro, cada gemido da vítima era um pedaço de meu coração que arrancavam. E chorava, chorava, como se lágrimas dessem vida!

Uma vez disse-me ela, vendo-me enxugar uma lágrima:

— Estás chorando!... Não vale a pena. Nós todos temos um mesmo fim... Sossego...

— e acrescentou, sentando-se no leito: — Olha, vês aquela cruz de brilhantes que está sobre a cômoda? É tua, guarda-a como lembrança de tua Edwiges, de tua mãe...

Palavras esmagadoras!

Quanta dor num peito só!

E, contudo, não era chegada a hora final daquela criatura.

Então ela me contou tudo: que eu fora apanhado na rua, em uma noite tempestuosa; que não tinha pais e que ela, uma mulher perdida, se fizera minha segunda mãe.

Só se sofre assim uma vez na vida, meu amigo; mais, é a morte.

Ser órfão duas vezes, que maior desgraça pode haver?

Ela, morrer! Edwiges, a boa, a santa Edwiges!

E a luta era medonha dentro de mim.

Metia pena o estado da pobre rapariga. Os braços saíam da camisa, finos como os de um recém-nascido, brancos como leite; nas faces nem uma gota de sangue e os olhos pareciam já sem luz. Como é efêmera a beleza, pensava eu comigo. E isto ainda há de se decompor!

Era hora de tomar o medicamento receitado pelo doutor. Levantei-me de manso e fui buscar, sobre a cômoda, um vidro de remédio.

— Vamos — disse eu, segurando em uma das mãos a cabeça de Edwiges e com a outra uma colher. — Tome de um gole.

Ela ergueu-se, sentando-se no leito. Depois, entreabriu os lábios e eu derramei o xarope.

— Como é doce — disse ela, dando pequenos estalidos com a língua. — Bom médico!...

— Agora —tornei-lhe —, veja se consegue adormecer.

Ela deitou-se e eu fui orar.

Felizmente, durante a doença, ninguém fora importunar a Edwiges. Eu havia recomendado à criada:

— Se viera alguém, diga-lhe que a senhora não pode receber.

Escusado é dizer-te que não dormi essa noite como nas outras.

Ao amanhecer, eu me achava à cabeceira da doente.

Estávamos na primavera.

Um gorjeio mavioso penetrava na alcova, misturado com o cheiro agradável das madressilvas do jardim. Cheguei à janela entreaberta: nem uma nuvem no céu; um murmúrio suave desprendia-se dos ninhos e dos cálices das flores. Há muito tempo não via uma manhã tão bela!

Numa cascatinha artificial cantava a água, gota a gota, no fundo cristalino de uma bacia de mármore; as borboletas em cardume enchiam o ar de leves ruídos, perseguindo umas às outras. Afinal, embevecido na contemplação da natureza, ouvi a tosse de Edwiges e a sua voz fraca, quase imperceptível, que me chamava.

— Que horas são? — perguntou-me.

— Quase sete; deseja alguma coisa?

— Não. É que amanheci com uma vontade de passear. Que dia é hoje?

— Sábado; amanhã é domingo...

— Domingo. Uma semana já! Um ano!

— Quando ficar boa, iremos para o campo, sim? Havemos de morar em uma choupana, bem longe da cidade. Que bom! Havemos de viver um para o outro, livremente, como as aves...

Um suspiro abafado, como um gemido, interrompeu-me.

— Dá-me água? — disse Edwiges.

E eu corri a satisfazer-lhe.

— Boa água! — tornou ela, enxugando os lábios.

Ouvia-se o barulho matinal da rua. Era a hora em que costumava passar o homem do leite. Os garotos gritavam o nome dos jornais do dia. De vez em quando uma vozeria confusa invadia o quarto: eram operários que passavam para o trabalho.

Edwiges passara melhor naquela noite; a febre recrudescia e a tosse diminuíra mais.

Um raio tênue de esperança animava-me.

Era bem possível que Edwiges escapasse de morrer.

CAPÍTULO 5

Seriam seis horas da tarde.

Como fosse véspera de domingo os sinos repicavam.

A cidade do Rio de Janeiro, de triste que estava, assemelhava-se a uma casa onde morresse alguém; tinha murmúrios que lembravam o abrir das sepulturas, o passar de um enterro. Um silêncio enorme subia da terra com os vapores da cidade. Havia pouco movimento pelas ruas: um ou outro transeunte apressava o passo a tomar o bonde; de quando em quando atravessava um grupo de boêmios que, ao som de guitarras e pandeiros, iam fazendo dançar alguns macacos e um velho urso.

Eu e o doutor Aprígio contemplávamos com resignação o padecer lento de Edwiges.

Voltara a febre e o peito arfava-lhe descompassadamente; estava voltada para o lado da parede e parecia adormecida. Nenhum de nós ousava dizer uma palavra; havia quase uma hora que estávamos silenciosos.

Quebrava o silêncio da alcova o tic-tac do relógio e os sons vagos de uma música. Eram uns músicos ambulantes que tocavam no fim da rua.

Eu estava em um desses momentos em que a alma, cheia de melancolia, abandona o corpo em busca doutras regiões. O doutor, bom velho e melhor amigo, tinha o ar concentrado e passeava de braços cruzados sobre o peito.

Dir-se-ia que esperávamos a realização de uma profecia. Afinal, a doente fez um movimento sobre si mesma, soltou um gemido leve e voltou-se para nós. Grandes manchas rubras desenhavam-se no seu corpo, indicando a cadeia de dores que o martirizavam.

Eu aproximei-me do leito, tomei entre as minhas as mãos de Edwiges e beijei-as respeitosamente.

— Meu filho — balbuciou ela.

O doutor passeava circunspecto como se uma dúvida terrível pairasse no seu cérebro. Olhei-o como interrogando e ele virou-me o rosto.

Houve um momento, porém, em que, não podendo mais dominar-se, puxou do lenço e cobriu o rosto, soluçando.

Foi o derradeiro instante, meu amigo, levantei-me como impelido por uma mola.

— Doutor!... Aprígio!

Ele, então, fazendo um esforço supremo, lançou-se nos meus braços, dizendo entre soluços continuados:

—Tudo se acabou!...

Voltei ao leito de Edwiges, louco, desvairado, cambaleando como um ébrio. Ela, a minha segunda mãe, tinha os lábios entreabertos, o olhar sem movimento, fixo em uma escultura da Virgem, que se achava defronte, fria, gelada... estava morta!

Nunca me hei de esquecer, fiquei como petrificado, sem dar palavra, recebi o golpe sereno, inerte como uma estátua. Depois beijei aquele cadáver nos lábios, aspirei mais uma vez o perfume daquelas tranças e, erguendo os olhos ao teto, balbuciei: — Seja tudo pelo amor de Deus!

***

Os músicos ambulantes aproximavam-se. Nesse momento tocavam a Marselhesa.

Dirigi-me à janela e paguei-os:

— Vão tocar para longe... É favor...

CAPÍTULO 6

O resto tu sabes, Luiz.

Velei toda a noite o cadáver de Edwiges. O doutor, o bom doutor Aprígio, auxiliou-me a amortalhá-lo.

No dia seguinte, um coche fúnebre dirigia-se a caminho do cemitério de S. João Baptista acompanhado só por um carro que nos conduzia, a mim e ao doutor.

E assim desapareceu de sobre a terra o amparo de minha infância, a minha querida Edwiges. Se eu não existisse, talvez a enterrassem na primeira vala, sem que ninguém lhe dissesse:

— A terra te seja leve; tu pesaste sobre a terra!

Entretanto, o que me cumpria fazer desde que me via só no mundo? Esquecer tudo, mudar de casa, afastar-me do contato venenoso da sociedade?

Não; seria loucura. Aos dezesseis anos trabalha-se, luta-se pela vida; recuar seria covardia.

Rara vez deixei de ir ao cemitério desfolhar goivos sobre a lousa de Edwiges.

Ao voltar dessas tristes romarias, um marasmo invencível apoderava-se do meu ser. Como lutar, pensava eu, sem um farol para guiar-me neste deserto imenso?

Nesse tempo eu frequentava o primeiro ano de Medicina. Impossibilitado, porém, de continuar os meus estudos, de braços com a desgraça, buscava um meio de não sucumbir à fome e à miséria. Entregava-me com afinco ao estudo das matemáticas elementares e, a força de trabalho e algum renome, tornei-me professor aos dezoito anos. Ao meu estimado amigo, o doutor Aprígio, devo a feliz lembrança; em pouco tempo vi-me rodeado de discípulos que, movidos pelo amor e o interesse que eu os votava, amavam-me como a um pai.

Eram quase todos crianças.

Toda a minha esperança concentrava-se naqueles inocentes. Gostava de os ensinar e não só fazia-os compreender as matemáticas, como ensinava-lhes a crer, chamava-lhes a mim como fazia o Cristo, e pregava-lhes a santa doutrina do mártir do Gólgota.

Como eu fosse muito novo ainda, chamavam-me, que extravagância!, *o doutorzinho.*

Preciso é que te diga, meu amigo, eu sempre fui avesso às matemáticas; era um sacrifício para mim o fazer um cálculo, por mais simples que ele fosse.

Uma imaginação como a minha não pode cuidar das coisas positivas.

O Ideal era a minha pátria predileta.

Mas era preciso voltar o olhar para baixo.

Desgraçados os poetas se levassem a vida inteira a fazer poesia. Para isso seria preciso que não existisse esse órgão faminto que se chama — estômago.

As noites passava-as eu sobre os livros, estudando.

Esse viver, porém, a pouco e pouco foi se tornando monótono, insuportável.

Na idade do amor eu era indiferente a essa criatura sublime — a mulher, e tu sabes, há uma época na vida de todo o homem que não se compreende a vida sem esse hálito divino — o amor.

Eu estava nessa idade.

Sempre que me recolhia de volta do cemitério ou de minhas obrigações, começava a sentir uma certa e inexplicável repugnância pelo silêncio. Vinha-me às vezes uma vontade indizível de atirar-me com sofreguidão aos bailes e divertimentos públicos, de esquecer o passado e a minha humilde posição social... Mas, em vão. Não podia apagar da imaginação a imagem de Edwiges, que parecia rir-se de minhas loucuras. O quarto da rua Sete, a alcova, o homem que eu vira sair ao voltar da escola, todas essas ideias baralhavam-se-me na mente.

Só os meus discípulos sabiam que eu morava em um humilde cubículo da cidade, eu, um explicador de matemáticas.

CAPÍTULO 7

Um dia, acabada a lição, um dos meus discípulos, o mais querido (há sempre uma flor que sobressai entre as outras), apresentou-me um envelope cuidadosamente fechado. Dir-se-ia uma carta de namorada. Os outros haviam se retirado e só o Luizinho ficara comigo.

Era o mais criança de todos, teria oito anos. Seria difícil descrever-se esse meu pupilozinho. Já leste o *Rafael* de Lamartine? Luizinho e Rafael deviam-se parecer.

Aquele não tinha uma alma apaixonada e cismadora como a deste — dava-se mais às coisas terrenas.

Luizinho era inteligente e esperto como poucas crianças na sua idade.

Ao entregar-me a carta, disse, afastando o cabelo dos olhos, uns magníficos cabelos

louros:

— É um segredo que só o senhor pode saber. Cuidado...

Abri curiosamente o envelope e eis o que encontrei escrito num cartão de visitas, em letras bordadas:

"Luiz de Carvalho Siqueira Júnior."

E mais em baixo:

Cumprimenta seu ilustre mestre e convida-o a honrar sua casa no dia de seus anos, à rua das Laranjeiras nº...

Ao terminar a leitura, ri-me.

— Acha graça? — disse-me a criança vendo-me rir. — O caso não é para rir.

— E quando é o dia? — perguntei-lhe.

— Hoje mesmo. Não vou para casa sem o senhor. Um carro vem nos buscar. Não há luxo.

— Mas...

— Não há desculpas.

— E vão muitas famílias?

— As Amaral, as Brandão... pouca gente. Quero apresentar-lhe a minha noiva. Vai ver o protótipo da beleza.

Debalde fiz por convencer ao Luizinho que a minha ida era uma imprudência, que eu não conhecia ninguém. Finalmente acedi ao convite. Ia aspirar pela primeira vez na minha vida o perfume embriagador das salas. O pai de Luizinho era rico, eu sabia, e devia festejar o aniversário do seu único filho com alguma pompa.

Que sacrifício! Nem roupa eu tinha. Possuía apenas o terno com que saía à rua.

Tinha talvez de corar ante a ostentação e o luxo dos outros convivas. E depois, como havia eu de fugir à minha triste solidão se ainda conservava no peito a lembrança de Edwiges? Não seria isto profanar o mais sagrado dos sentimentos?

Tudo era obstáculos.

— Vou — pensei —, mas volto logo.

Luizinho, porém, era inexorável.

— Como? — saltou ele, arqueando graciosamente os sobrecílios.

— Há de ir e dançar ao menos uma quadrilha, a dança dos homens sérios. Hei de lhe arranjar o par.

— Mas, filho...

CAPÍTULO 8

Davam sete horas da noite quando uma carruagem parou na rua das Laranjeiras. A casa do doutor Siqueira era uma espécie de palacete, uma das primeiras habitações do bairro.

Não é preciso descrever-te a emoção que se apoderou de mim ao ver a frente do palacete toda iluminada e sombras de pessoas a se moverem através das vidraças. Ouvia-se a falaria dos convivas.

— Coragem! — disse-me o Luizinho, como se compreendesse a minha agitação.

O cocheiro abriu-nos a porta do carro e apeamos.

A calçada estava juncada de folhas verdes.

Ao parar o carro, alguns curiosos correram à janela e o pai de Luizinho veio nos abrir a porta de casa.

Ignorando as conveniências sociais, mal eu me podia conter em pé. Sem coragem para fitar os que me olhavam, curvei a cabeça e subi as escadarias do palacete.

A minha cabeleira basta devia causar riso àquela sociedade ávida de prazeres.

Uma velha sobrecasaca, um chapéu que de cinzento mudara-se em verde, umas calças ainda cheirando a benzina, era o traje elegante com que eu ia me apresentar à família do Luizinho. Pobre de mim! De quantas zombarias seria eu vítima essa noite?! Todos me olhavam espantados, como se vissem em mim outro judeu errante. Muitos evitaram os meus cumprimentos, disfarçando a repugnância. Boa alma, porém, era a do doutor Siqueira.

— Entre — disse, tomando-me pelo braço —, a casa é nossa. Não há cerimônia; estamos em família.

Soava o primeiro sinal para quadrilha. Pouco depois, começou a dança.

— Venha — tornou-me o doutor. — Vou apresentar-lhe uma dama, a filha do Comendador Amaral, conhece? Um anjo...

— Até quando durará este martírio, meu Deus? — dizia eu entre mim, lembrando-me da sorte do infeliz Beli-Beth.

— Ei-la — disse o doutor Siqueira, parando em frente a duas senhoras. — D. Lucinda — acrescentou —, tenho a honra de apresentar-lhe um cavalheiro para a primeira quadrilha, o senhor Eduardo, o muito ilustre professor do Luizinho.

Este, que até então fora o meu advogado nos embaraços, desaparecera como um relâmpago: que ia mudar de traje, já voltava.

E eu, indeciso, duvidoso, não tinha uma palavra com que responder aos cumprimentos que me eram dirigidos.

— Minha senhora... — disse eu por fim, curvando-me respeitosamente diante da dama que me acabava de apresentar o doutor.

Passaram alguns minutos; começou a segunda quadrilha.

Neste instante, um cavalheiro aproximou-se de D. Lucinda, conduzindo-a no braço.

Estava salva a minha penosa situação. A ingratidão daquela mulher fora a minha tábua de salvação. Dançar! Eu, que devia estar só em casa, entregue aos caprichos de minha pobre imaginação; que devia naquele instante só pensar em Edwiges. Ir-me-ia. E que motejassem do pobre, que rissem-se à vontade; debaixo daqueles andrajos, ocultava-se uma alma nobre, um coração imaculado — um homem de bem!

Que me importava? Não levava a consciência limpa? Quando é bela a alma, que importa o corpo?

Felizmente durou pouco aquele inexprimível mal estar. Quando o piano dava sinal para a valsa, eu deixava aquela casa, indiferente às suplicas de Luizinho.

CAPÍTULO 9

Seriam dez horas quando cheguei à minha humilde habitação. A cabeça pesava-me sobre os ombros e o coração batia com violência. Debrucei-me à janela e comecei a meditar. Já não era a imagem branca de Edwiges que me preocupava, ao contrário, havia-a esquecido.

Eu mesmo não sabia que espécie de melancolia era aquela de que me achava possuído.

É verdade que o amor, essa centelha divina, penetra em nós insensivelmente; um olhar, um sorriso, é bastante para mudar o estado de nossa alma. Eu amaria?

O certo é que começava a experimentar o que quer que é que me trazia preocupado o pensamento e preso o coração. Uma imagem confusa, que não era a de Edwiges, esvoaçava-me na mente, deixando-me triste, sem poder reconhecê-la.

Quando tornei à realidade, era meia-noite, deitei-me e adormeci.

CAPÍTULO 10

Tenho passado pior estas últimas noites. Têm me feito mal as tristes lembranças do passado. A saudade é uma dor e como tal tem concorrido para o aniquilamento das minhas forças, que se vão tornando bem fracas. É uma vida estúpida, essa do doente, não achas? Ter a gente de passar noites inteiras sem dormir, a se revolver no leito, para afinal, um belo dia vir a morte e, sem mais cerimônias, carregar-nos consigo para onde não sei eu!

Desconfio que sofri de uma hipertrofia no coração. Os médicos hesitam em revelar-me a espécie de moléstia que me consome.

Mas, continuando a minha triste narração; eu amava.

E esse amor começou como todos os amores: um olhar, um sorriso e um beijo. Vivíamos um para o outro, eu e a minha Lucinda.

O pai de Lucinda opunha-se formalmente ao nosso enlace: que eu era pobre, que não se sabia donde eu tinha vindo, um miserável que nem tinha com que se apresentar a uma sociedade de homens de bem. Nunca! Seria entregar a sua filha à desgraça. Melhor fortuna lhe estava reservada.

Lucinda pedia-lhe, suplicava-lhe.

—Não, minha filha, um homem sem posição na sociedade é indigno de ti, um idiota, um vagabundo.

Poucas vezes nos víamos; quando isso acontecia era uma felicidade inaudita.

Às vezes acontecia trocarmos duas palavras no jardim do comendador.

— Papai saiu — dizia-me ela. — Podemos conversar à vontade. Não sabes como tenho chorado...Tudo nos contraria.

— Descansa, querida, havemos de ser felizes. O amor vence todos os obstáculos...

— Felizes os que vivem juntos, amando!

Era em 1865. Estava quase terminada a guerra entre o Brasil e a república do Paraguai.

Choviam telegramas para a capital do Império, anunciando vitórias ou derrotas do nosso lado. O nome de Barroso, Osório e Caxias era repetido com entusiasmo por todo brasileiro.

Dois sentimentos sublimes palpitavam dentro do meu coração: o amor da Pátria e o amor de Lucinda.

O brilho da espada eletrizava-me, o amor da Glória pela primeira vez rebentava dentro em mim.

— E se eu fora soldado? — disse eu uma vez a Lucinda.

— Estaria talvez morto. Nem é bom falar...

E, contudo, preciso era que eu fosse alguma coisa para possuí-la. A guerra me fascinava; a ideia de que um dia eu podia voltar herói arrebatava-me. Uma tarde estávamos a sós no jardim, quando ela me disse:

— Sabe? Faço anos no fim do mês. Aviso-lhe antecipadamente porque desejo uma lembrança sua, mas uma coisa filha do seu talento. Como hei de estar alegre esse dia! Já reparou? Os dias aqui na corte passam depressa!... Entretanto, não há divertimentos. Não saio de casa durante semanas inteiras; vivo como num convento. Não acha que devia me assentar a vestimenta das freiras? Que bonito, para você, soldado e eu, freira, que contraste!

E ela achava muita graça naquilo e ria.

Esse dia quase que não falei; estava mais triste que de costume.

— Está tão silencioso hoje — tornou-me Lucinda. — Não parece o mesmo do outro dia. Já não fala no dia do nosso casamento... Dar-se-á caso que esteja esquecendo a sua noiva?

Eu apenas meneei tristemente a cabeça e beijei a sua mão que eu tinha entre as minhas.

Eram Ave-Marias quando nos separamos.

— Adeus — disse-lhe eu, sufocando os soluços.

E beijei-lhe a fronte.

— Adeus — repetiu ela brandamente.

O que se passava dentro em mim naquele instante, ninguém o poderia saber.

Haviam-se cerrado para mim os horizontes da felicidade. Estava decidido: a vida ou a morte: a Glória ou a Eternidade!

Entretanto, uma ideia lúgubre perseguia-me. Iria cometer uma imprudência?

A resolução que eu havia tomado não iria comprometer *alguém*? Toda a desgraça de Lucinda não estaria no passo que eu ia dar?

Todavia, era preciso esquecer tudo. E, demais, quem saberia se eu havia de ser feliz?

Meu amigo, sinto profundamente não poder relatar os fatos com a minuciosidade precisa. O médico surpreendeu-me escrevendo e proíbe-me que o faça outra vez. Falta-me pouco.

Ontem, quando o doutor acabava de examinar-me, apareceram-me novas dores do lado do coração. Lembrei-me de Edwiges, dos cáusticos....

Continuemos, porém, a nossa história.

Sabes o que é a guerra, meu amigo, esse monstro que de uma vez engole milhares de homens e de contos?

Imagina um campo enorme onde, como na Idade Média, a humanidade aniquila-se a si própria, numa cólera indomável, em que milhares de homens misturados com outros tantos corcéis precipitam-se como loucos, medonhos, mordendo-se uns aos outros, numa algazarra infernal, onde a voz humana confunde-se com o relinchar do cavalo e o troar da artilharia.

Que pandemônio!

Tudo por causa de algumas braças de terra!

Não serei eu que te vá descrever esse ato de selvageria humana, em que seria difícil distinguir o homem da fera. Apenas dir-te-ei que ouvi sibilarem por sobre a minha cabeça balas às mil e que fiz o que pude pela Pátria. Fui sem uma ferida, voltei sem uma perna, fui com a cabeça descoberta, voltei coroado. Voltava satisfeito. No meio dos gritos de entusiasmo, a minha alma exultava de alegria.

Restava-me procurar Lucinda e dizer-lhe:

— Já não sou mais o miserável que seu pai desprezava, sou o herói que o mundo admira, és minha!

Eu fora bastante ingrato para Lucinda: partira sem lhe dizer para onde, apenas lhe dissera adeus. Portanto, pesava-me no coração a lembrança de que ela podia ter me esquecido.

Cumpria-me pedir-lhe mil perdões, ajoelhar-me a seus pés, coberto de glórias e cicatrizes e dizer-lhe:

— Perdoa, mas eu te amava muito para dizer-te que ia lutar por tua causa!

CAPÍTULO 12

Cansado ainda dos largos e penosos dias passados no acampamento; o corpo cheio de fadigas reclamando repouso, o meu primeiro cuidado ao voltar à corte foi tornar à casa de Lucinda. Tinha pressa em dizer-lhe tudo, queria finalmente provar a seu pai que às vezes sói aos miseráveis serem heróis.

Pobre, sem uma perna, a vista meio obscurecida pela pólvora, custou-me bem chegar à rua de...

Qual não foi, porém, o meu espanto quando ao parar em frente ao jardim, aquele mesmo portão de ferro onde dantes ela ia esperar-me à tardinha, disseram-me:

— O Comendador mudou-se.

Indaguei para onde poderia mudar-se o pai de Lucinda, fiz tudo para isto, mas, como que o impossível perseguia-me.

Eu olhava o sítio das minhas confidências amorosas, como quem vê desaparecer a última esperança.

Era forçoso resignar-me.

CAPÍTULO 13

Um domingo, não sei por que fatalidade ou acaso, dei comigo em Santa Teresa. Havia festa no convento. Entrei na igreja. O templo é a habitação do mendigo.

Os altares iluminados misturavam a sua luz morna à luz pálida do crepúsculo vespertino; as irmãs entoavam uma oração cheia de unção religiosa, confundindo a sua voz melodiosa com a do órgão que as acompanhava.

Eram Ave-Marias.

Ajoelhei-me, curvando respeitosamente a cabeça descoberta e orei.

Absorto nas minhas preces, pareceu-me distinguir entre o coro das irmãs uma voz sonolenta que ecoava no meu coração como os sons longínquos de uma harpa santa tangida por mãos de serafins. Julguei-me por um instante no céu. E mais aquela voz se acentuava, mais uma tristeza imensa ia me dominando, até que involuntariamente chorei. O pranto é necessário a certas almas.

O que havia de estranho naquela voz que me comovera até as lágrimas não te sei dizer.

Entretanto, uma coisa me dizia internamente; aquela voz é a de um anjo que tu amaste na terra e que voou para o céu.

Nessa época eu morava numa insignificante casinha de uma das ruas mais pobres do Rio de Janeiro, que os poucos amigos que eu possuía faziam a caridade de me a pagar. Foi aí que eu cheguei, já de noite.

É fácil imaginar o estado do meu espírito ao ver-me só no leito, abafando os soluços no travesseiro.

“Ela!” pensava eu. “Tanta dor, tanto amor para quê?...”

Tudo se havia acabado entre mim e ela!

No meio daquela agonia que me matava, tomei de uma pena e escrevi. Hoje arrependo-me profundamente de o ter feito. Uma carta às vezes fere como um punhal!

Eis o que eu escrevi com mão trêmula:

"Lucinda.

Esta carta é ao mesmo tempo um soluço e um adeus. Perdoa-me como santa que és se eu fui a causa dessa tua clausura.

Eu julgava que a Glória pudesse compensar a pobreza, por isso parti sem te dizer nada.

Amo-te mais do que nunca, Lucinda! Mas é preciso esquecer, concentrar esse amor desde que tudo entre nós acabou-se. Se algum dia nos virmos ainda, há de ser na mansão celeste dos anjos, lá onde existem todas as felicidades.

Adeus!

Teu, Eduardo"

CAPÍTULO 14

Passaram muitos dias sem que eu tivesse notícia de Lucinda. Outro dia, tornando ao convento de Santa Teresa, as irmãs rezavam o *De profundis*. Mas, entre tantas vozes doces e comovedoras, já eu não ouvia aquela que me abalara tão profundamente no dia da festa.

Perguntei se havia morrido alguém.

— Sim — disse-me uma irmã. — Morreu a menina Lucinda.

***

Eis aí, meu amigo, tudo quanto eu te ocultava; eis aí como desapareceram de sobre a terra as duas mulheres que eu mais amei neste mundo: — Edwiges e Lucinda, a virgem e a prostituta.

Adeus. Pede a Deus pela alma do teu amigo, que está quase a soltar também o seu último suspiro.

Rio, outubro de 1887.

LEITOR

Isto que acabas de ler e que eu, muito à minha vontade, intitulei — contos, mas que classficarás como melhor entenderes, essas páginas inocentes e sem pretensão a nenhum lugar por mais modesto que seja na literatura brasileira, foram escritas há dois anos e em menos de um mês. Tinha eu então dezoito anos. O tempo em que foram escritas e a idade do autor farão, espero, com que, de coração, perdoem os senões que elas encerram. Encontraste, eu sei, erros de linguagem que eu não me dei ao trabalho de corrigir porque como o poeta

"...odeio o pó que deixa a lima
e o tedioso emendar que gela a veia!"

Há também muito sentimentalismo e talvez exagerada tristeza nessas páginas; mas, que queres? A língua ainda se corrige, mas a alma? Não; é sempre a mesma, boa ou má. Muita gente entende que a vida é uma eterna gargalhada, uma comédia; eu não. Penso como o autor daquela oração que todos nós aprendemos em criança: a vida é um vale de lágrimas. Pior para mim, paciência. Enquanto os outros riem, eu vou banhando com as minhas lágrimas os berços e os túmulos.

Mas, voltando atrás, dizia eu que encontraste muito erro de linguagem e muito sentimentalismo no correr da tua leitura, mas, sobretudo, encontraste muito erro tipográfico, não é assim, leitor?

Disto então está cheio o meu pobre folheto. Não há talvez uma só página onde não se tenha trocado pelo menos um *a* em *o*. São incorrigíveis esses tipógrafos! Se a gente não tomar cuidado, são capazes de fazer de uma obra de arte um não sei que diga.

Isto faz-me lembrar aquele médico da Bahia que escrevendo: *usa-se uma muleta,* vão os tipógrafos trocar muleta por mulata. É boa!

VERMELHO MARINHO

Spirit

BRASILIARIS.COM.BR